TRÊS MULHERES DE TRÊS PPPÊS

A marca FSC® é a garantia de que a madeira utilizada na fabricação do papel deste livro provém de florestas que foram gerenciadas de maneira ambientalmente correta, socialmente justa e economicamente viável, além de outras fontes de origem controlada.

PAULO EMÍLIO SALES GOMES

Três mulheres de três PPPês

Coordenação
Carlos Augusto Calil

Posfácio
José Pasta

Copyright © 2015 by Herdeiras de Paulo Emílio Sales Gomes

Grafia atualizada segundo o Acordo Ortográfico da Língua Portuguesa de 1990, que entrou em vigor no Brasil em 2009.

Capa
Elisa von Randow

Imagens de capa
Mulher em posição de saltar: revista *Photoplay*, janeiro de 1933
Mulher passando batom: Biblioteca do Congresso — Divisão de Imagem e Fotografia, Washington, DC, 20540, Estados Unidos
Mulher vestindo estola e fumando: 1933, Liggett & Myers Tobacco Co./ revista *Photoplay*, janeiro de 1933

Preparação
Márcia Copola

Revisão
Carmen T. S. Costa
Luciane Helena Gomide

Os personagens e as situações desta obra são reais apenas no universo da ficção; não se referem a pessoas e fatos concretos, e não emitem opinião sobre eles.

Dados Internacionais de Catalogação na Publicação (CIP)
(Câmara Brasileira do Livro, SP, Brasil)

Gomes, Paulo Emílio Sales
    Três mulheres de três PPPês / Paulo Emílio Sales Gomes.
— 1ª ed. — São Paulo : Companhia das Letras, 2015.

    ISBN 978-85-359-2456-5

    1. Ficção brasileira I. Título.

15-00387   CDD-869.93

Índice para catálogo sistemático:
1. Ficção : Literatura brasileira 869.93

[2015]
Todos os direitos desta edição reservados à
EDITORA SCHWARCZ S.A.
Rua Bandeira Paulista, 702, cj. 32
04532-002 — São Paulo — SP
Telefone: (11) 3707-3500
Fax: (11) 3707-3501
www.companhiadasletras.com.br
www.blogdacompanhia.com.br

Sumário

P I: Duas vezes com Helena, 7
P II: Ermengarda com H, 41
P III: Duas vezes Ela, 95

Posfácio: Pensamento e ficção em Paulo Emílio — José Pasta, 129

P 1: Duas vezes com Helena

Não fosse a artrite, nunca mais teria encontrado Helena. Não cabe iniciar uma história juvenil com alusões ao artritismo, meu e dela, sei muito bem. Mas a verdade é que sem o flagelo, nosso encontro em Águas de São Pedro, trinta anos depois, nunca teria acontecido. Ela, no Pacaembu, eu no Alto de Pinheiros, usando táxi ou carro particular, não frequentando clubes ou festas, com rodas diversas de conhecidos, ambos longe da notoriedade, a probabilidade de cruzarmos era ínfima e durante três décadas isso nunca aconteceu, como se Deus atendesse a súplica ardente que eu fizera aos céus. Se pensarmos contudo numa mulher e num homem depois dos cinquenta, os dois artríticos, morando em São Paulo e com alguns recursos, é certo que um dia ou outro estariam ao mesmo tempo em Águas, vilarejo onde os reumáticos da burguesia e da classe média reservam seus lugares em dois ou três hotéis principais.

Não reconheci Helena imediatamente quando a vi sentada ao lado do Professor Alberto, tomando a fresca na pequena praça enfeitada com anões coloridos. Ele, reconheci imediatamente apesar da cabeleira embranquecida e dos óculos modernos que substituíam a armação de tartaruga que pesava antigamente em seu nariz poderoso. Durante anos eu frequentara o mestre e amigo. A vastidão de seus conhecimentos e a maneira de sua inteligência manobrar os materiais acumulados pela cultura fizeram do Professor, quando pude avaliá-lo, o primeiro gênio que a vida me revelou. Primeiro e único, posso dizer hoje, quando penetro na velhice e espero dos vivos mais do que a simples multiplicidade de talentos. Ninguém, como o Professor, gostou tanto de mim. Me achava dotado e desde o ginásio orientava minhas leituras emprestando livros e prolongando o desvelo quando na Faculdade procurei ingenuamente aprofundar o gosto pelas letras, ideias e artes que teimara em me incutir. Cuidava de minha formação em todos os terrenos, conheceu e aprovou minhas namoradas, inclusive a primeira amante mais ou menos profissional. Foi quem arrancou para mim uma bolsa de estudos na Europa, organizando com método, ele que nunca viajara, os itinerários e a lista de visitas indispensáveis: a quadra do cemitério de Montparnasse onde está enterrado Baudelaire, o número exato da Rue Monsieur Le Prince onde morou Auguste Comte e o endereço da Biblioteca Vaticana de Milão que conserva desenhos pouco conhecidos de Leonardo.

Para meus vinte anos os quarenta do Professor Alberto faziam dele um solteirão definitivo e não foi sem surpresa que recebi em Paris a carta me anunciando seu casamento. Durante os dois anos que estive fora, nos correspondemos regularmente mas com o passar do tempo, vislumbrei nas cartas do mestre, ao lado do declínio do fervor em me cultivar, o aparecimento de doses crescentes de melancolia. Atribuí a variação do tom ao desaponto que eu deveria estar causando. Meu amor desinteressado pela cultura estava sendo desalojado pelo interesse político, tipo de preocupação que o enfastiava. Pior do que isso, minha inclinação era pelo fascismo, movimento pelo qual o Professor Alberto manifestava desprezo, particularmente depois do aparecimento do integralismo e do golpe do Estado Novo.

O início da Segunda Guerra Mundial apressou minha volta e foi com certa apreensão que compareci ao nosso primeiro encontro em sua nova residência de casado, no Pacaembu. Estava curioso a respeito de Helena, de quem nada sabia além do nome, pois as cartas do Professor sempre foram impessoais. Ela não estava, passava uma temporada em Campos do Jordão, disse-me ele com um largo sorriso de acolhimento que nunca esqueci. Nas semanas seguintes não me largou. Eu voltara bem mais magro da Europa e isso o inquietou bastante obrigando-me a ver médicos, a passar por exames de laboratório. Apesar de minha excelente saúde, obedeci-o sem relutar: percebi que se tornara, como tantos outros ao se aproximar a velhice, maníaco de doenças, estendendo a mim a sua obsessão. Minha impaciência com a lentidão meticulosa dos médicos desaparecia ao ver a satisfação do meu amigo diante dos resultados negativos. De resto, as discussões que temera não ocorreram. Se nas conversas apareciam os nomes de Hitler e Mussolini, provocados por mim, ele abanava a cabeça e desviava o rumo. Um dia pilhei-o manifestando tolerância pelos extremistas, nome que se dava naquele tempo aos subversivos — mas logo me desarmou com um sorriso explicando que em política, um liberalão como ele tolerava tudo, até um fascista, é verdade que apenas um: eu.

Três semanas depois de minha chegada, o Professor partiu para a companhia da esposa, convidando-me para ir até lá passar uns dias. Prontifiquei-me a viajar com ele se assim o desejasse mas a ideia não lhe agradou. Consultou atentamente um pequeno calendário, quis saber exatamente em que dia estávamos, fez cálculos com os dedos e fixou o momento preciso em que eu deveria chegar, daí uns três ou quatro dias. Entendi que desejava assegurar minha presença ao seu lado no dia do meu aniversário, que estava próximo e agradeci-lhe a lembrança. Mas ele afetou surpresa, como se apenas naquele momento se recordasse de uma data que nunca deixara passar em branco.

Foi fácil descobrir o chalé isolado, cercado de pinheiros, em Umuarama. Não identifiquei imediatamente Helena na moça que abriu a porta: nunca supus que pudesse ser tão jovem e sobretudo tão bela a mulher do meu amigo quarentão. Um contratempo me aguardava. Atendendo a um chamado da família o Professor partira naquela manhã, sem tempo sequer de me prevenir, mas voltaria daí uns quatro ou cinco dias. Helena disse tudo isso rapidamente, sem me olhar, plantada na porta. Sua timidez foi contagiante. Respondi embaraçado que não tinha a menor importância, iria para a casa de uma tia em Capivari e passaria depois para saber se já tinha voltado. Estendera a mão para me despedir quando notei um certo tremor nos seus lábios ao mesmo tempo que recuava com passinhos curtos para dentro da casa. Quando conseguiu falar, não compreendi o que dizia. Era um balbucio embaralhado no qual só percebi uma sucessão de negativas enérgicas, articuladas com nervosismo. Fiquei perplexo, sem saber que atitude tomar até que Helena, depois de um visível esforço conseguiu dizer afinal que o Professor deixara instruções para que me instalasse no chalé e aí esperasse sua volta. Meu constrangimento era tão grande quanto o dela. Estava decidido a não aceitar uma situação que me parecia forçada, mas Helena, contendo o nervosismo, insistia em não me deixar partir. Falava agora com uma autoridade inesperada, mas ainda desviando de mim os grandes olhos verdes, único traço que permaneceu do seu comportamento ao me abrir a porta. Quero adiantar que durante os dias que lá passei Helena nunca me olhou: a primeira vez, foi trinta anos depois, no jardim dos anões de gesso colorido. Se relutei em me instalar no chalé foi devido à aflição que me causava aquele olhar esquivo, o mais belo que encontrei na vida, fixando sempre algo à direita ou à esquerda da minha cabeça. Só aceitei ficar quando argumentou que a deixaria numa posição difícil diante do marido, ele fazia questão que o esperasse ali. Bastante contrariado, levei a mala para o quarto que me indicou. A tarde fria estava ensolarada e aceitei aliviado a sugestão de fazer sozinho um passeio a pé. Avisou-me que o jantar seria às sete. Durante a volta pelo bosque, não arredei o pensamento da singular acolhida. Criticava e desculpava o Professor Alberto, responsável por uma situação assim constrangedora. Não conseguia definir o tipo de mulher que seria Helena: o que sua juventude e beleza teriam encontrado no Professor, homem extraordinário sob tantos aspectos, mas já velho e sem fortuna. Nada combinava, o terreno incerto não era tranquilizador. E o olhar que não me olhava.

Quando entrei na pequena saleta de refeição, Helena estava à minha espera. Se preparara cuidadosamente, o cabelo penteado para o alto, o longo pescoço enraizado num agudo decote, como os que se viam às vezes nas fitas americanas. A pele nua se prolongava nos braços rijos e delicados. Observei que além de bela, era excepcionalmente atraente. Um fogo brando crepitava na lareira. Foi à cozinha várias vezes, trazendo a sopeira, a travessa de pato assado com laranja, garrafas de vinho francês. Constatei, novamente constrangido, que a casa não tinha empregados, Helena fazia tudo. Ao mesmo tempo, eu aproveitava suas andanças para reparar melhor no vestido colado aos quadris. E refletia sobre as mudanças da moda durante minha ausência.

O jantar foi agradável. De início, a dona da casa me pareceu crispada mas sua fisionomia aos poucos foi se distendendo, talvez com a ajuda dos bons vinhos que bebia tanto quanto eu. A primeira vez que riu de minhas histórias de Paris, fiquei deslumbrado. A fileira de dentes bem plantados, com um nadinha de gengiva vermelha na parte superior, constituía tal retoque final de graça que pousei o copo, tomado de instantânea vertigem. Dei de mim com uma ligeira sensação de desconforto e ajeitando-me melhor na cadeira, percebi que estava em plena ereção. Perturbado, comecei a falar sobre o Professor, o que ele significava para mim, tudo o que lhe devia, como o amava e admirava. A boca de Helena, mobilizada à espera de novo riso, tomou outra direção quando comecei a falar no marido. Descontraiu-se num sorriso murcho de aprovação enquanto os olhos se deslocavam de um ponto qualquer para se fixarem na garrafa de vinho, que apanhou para encher os copos, o dela e o meu, até as bordas. Pensei comigo que fazer quase transbordar o vinho, como se fosse cerveja, é coisa de hospitalidade brasileira mas não prossegui no esnobismo interior de europeu recente. Urgia que o lábio entremostrasse novamente os poucos centímetros de gengiva e para conseguir isso não falei mais no Professor, voltando às minhas histórias de viagem com crescente exagero e sucesso. Helena refez algumas vezes o ondulado percurso até a cozinha. Ao provar o creme de caramelos a ereção não mais me aborrecia. Era bem-vinda. Um resto de consciência me apaziguava dizendo que efetivamente nada fazia de mau enquanto uma ponta de embriaguez ironizava o liberalão que tolerava tudo. Me dispus a ajudar Helena a preparar o café e ela ria, ria da minha falta de jeito. Na verdade, de pé, me sentia mais desajeitado do que anteriormente. As cuecas e calças de 1940 tinham a folga que impedia ao mesmo tempo liberar ou disciplinar a ereção. Aquele olhar que partia da altura de minha cabeça e para evitar meu rosto percorria os lados e o baixo do meu corpo, corria o risco de se fixar numa grossura capaz de anular o encantamento daquele instante. O escrúpulo durou pouco, não que o perdesse, mas simplesmente me deixei levar pela sucessão de gestos, risos e bebidas. Depois do café, Helena trouxe taças e uma champanhe especial que eu provara numa visita a Reims e ignorava que existisse no mercado brasileiro, pois até em Paris era difícil encontrá-la, e muito cara. Quando Helena me pediu que abrisse uma segunda garrafa, pensei no quanto o Professor prosperara enquanto me esforçava em deslocar a rolha intumescida. O olhar sempre esquivo de Helena adquirira um fulgor novo. Foi sobretudo esse brilho que fez atravessar no meu espírito a ideia de loucura quando — depois de um momento de silêncio e imobilidade ela se aproximou resolutamente e colou seu corpo ao meu. A escuridão do quarto para onde me conduziu era total. Esse local dos nossos amores permaneceu sempre numa obscuridade completa durante os quatro dias e noites que passei com ela no chalé. Mesmo quando a procurava na plenitude do dia, o refúgio era só treva. Nosso desejo sem horário fez com que eu passasse naquele quarto — do qual não fiquei conhecendo um objeto, um móvel, um tecido — a maior parte do tempo que permaneci em Campos do Jordão. Fora dele, quase não estava com Helena. A toalete e o banquete do primeiro dia não se renovaram. Ela me servia vestida com discrição, não mais sentando à mesa comigo. Refeições substanciosas mas simples: bifes sangrentos substituindo o pato e em lugar de vinhos, jarras com suco de laranja. Impôs com autoridade a distribuição do meu tempo. Fora da escuridão ou da mesa, passeava solitário pelo bosque ou descansava no meu quarto onde ela só entrava para me trazer gemadas com excelente conhaque, cuja absorção presenciava como se fosse uma enfermeira eficiente e severa. Era precisamente essa sensação que me invadia fora do horário amoroso, a de um escapado de moléstia grave vivendo o cansaço eufórico da convalescença. A palavra *cansaço* vem a calhar. Não que Helena fosse propriamente insaciável, mas se empenhava com ardor em provocar o meu gozo o mais rapidamente possível, quantas vezes pudesse. Interrompi, com seu consentimento, os longos passeios pelo bosque a fim de ampliar as horas de descanso.

Na primeira noite não notei que tivesse tomado qualquer precaução — naquele tempo não existiam pílulas — e temendo pela sua inexperiência, interpelei-a. A voz que veio da penumbra era irônica ao retrucar que sabia o que fazia e que nesse terreno sua competência era certamente maior do que a minha. Aliás, falávamos pouco, dentro ou fora do pretume do largo leito matrimonial. Não me lembro de tê-la ouvido pronunciar meu nome, o que apreciei, pois sempre o achei ridículo. Nunca mais aludimos ao Professor, mas na modorra do descanso sua figura assombrava meu pensamento. Gastava o pouco de energia que me sobrava em reflexões a respeito dele, de Helena, de mim, de nós. Nossa paixão fulminante justificava tudo, precisávamos enfrentar lealmente o marido.

Já tinham decorrido quatro dias. O alarido dos pássaros trazia para a noite permanente do quarto o sinal da madrugada do mundo verdadeiro. Era chegado o momento de dizer a Helena que devíamos tomar uma decisão. Sua voz nunca fora tão tranquilamente meiga como na resposta que me deu. A decisão estava tomada. Eu partiria naquela manhã pois o Professor chegava de tarde. Não me amava. Aquilo fora um capricho que desejara viver: estava vivido. Não se arrependia mas o considerava encerrado. Nunca traíra o marido e não esperava fazê-lo novamente. Se mudasse de ideia, me avisaria. Mas eu estava proibido de procurá-la, a ela e ao Professor. Diria a ele que eu a desrespeitara e que fora obrigada a me pedir que partisse, ficando assim justificado o meu definitivo afastamento. Que não me exaltasse com problemas morais, a opção era clara, eu devia apenas escolher entre o bom juízo do Professor Alberto a meu respeito ou a destruição do meu amigo. Se me levantasse imediatamente, teria tempo para me barbear, arrumar a valise, tomar um copo de leite com biscoito e apanhar o ônibus das sete. A passagem com lugar numerado estava na gaveta do criado-mudo do meu quarto. O leite estava na geladeira e o biscoito no armário, dentro da lata com um papagaio pintado. Não iria se despedir de mim. As despedidas estavam feitas e ela permaneceria no quarto até que eu partisse. Nunca Helena falara tanto. Segui à risca tudo o que mandou, incluindo o leite e os biscoitos. Viajei tão aturdido que só ao chegar em São Paulo lembrei que naquele dia fizera vinte e cinco anos.

Durante os segundos que levei para me aproximar do velho Professor e que ele gastou para se levantar do banco de pedra da pracinha dos anões, revivi trinta anos de sentimentos. Nos primeiros tempos, o amor por Helena e a vergonha do Professor era uma coisa só e fez de mim um ser miserável. Desinteressado das vitórias de Hitler, do trabalho, de mulher, da vida, de tudo. Numa segunda fase, ora pensava num, ora noutro. Quando era a vez de Helena, me inundava a esperança absurda de que seria novamente procurado, hipótese que ela mesma levantou na madrugada em que me despediu. Já o Professor Alberto fazia disparar minha imaginação. Estou convencido de que foi por causa dele que passei a odiar o fascismo. Tentei ir para a guerra, sonhei ser herói morto e nacionalmente reconhecido, com retrato em todos os jornais para que ele soubesse e me perdoasse. Com o passar do tempo, o sentimento por Helena começou a arrefecer à força de substituições. Mas durante esses trinta anos não houve vergonha, pessoal ou nacional, que ocupasse o lugar da suscitada pela imagem do Professor. Naquele instante mesmo em que me inclinava para apertar sua mão, a vergonha invadiu os sulcos fundos do meu rosto com uma vermelhidão juvenil intacta, tão viva quanto a do barrete encarnado do anão de pé entre as roseiras. Assim mais próximo pude avaliar a devastação da fisionomia do velho mestre, muito maior do que fariam esperar os setenta e tantos anos que calculei. Se o reconheci na distância de alguns metros foi devido à relativa obscuridade da praça que me transmitiu apenas a silhueta que me era familiar justamente por não vê-la há trinta anos e nela pensar diariamente. Encontrando-o de chofre em plena luz, só o teria reconhecido com esforço. Ao dizer meu nome, esboçou um gesto como se fosse me apresentar a Helena, que só então reconheci. Contrariamente ao que sucedia com o Professor, era sobretudo de longe que ela se tornara irreconhecível, uma sombra com os membros recolhidos, intimidados pelo reumatismo. A face, vista de perto, permanecia lisa e próxima do original antigo desfocado pelo tempo. Nossas mãos mal se tocaram, com a mútua relutância acrescida pela precaução de artrítico. Durante todo o tempo, ela não cessou de pousar tranquilamente em mim uns olhos carregados de investigação. Quanto ao Professor, às efusões da afeição antiga, se sucediam manifestações indisfarçáveis de mal-estar. Esqueci do que falamos durante esse encontro breve, a não ser algumas alusões políticas que me surpreenderam. Em dado momento ele afirmou que se tivesse a idade adequada, estaria assaltando bancos e quartéis como... As reticências foram provocadas por Helena que apoiou a mão enferma no ombro do marido. Olhei mais atentamente a fisionomia do ancião, procurando compreender o sentido daquela brincadeira e descobri com espanto um delírio que emanava dos olhos e se prolongava até os lábios trêmulos. A crise foi rápida mas esgotou o Professor que após um momento de respiração ofegante, propôs a Helena que se recolhessem. Atravessei com eles o pontilhão da avenida à qual foi dado o nome de um poeta esquecido e paramos diante de um hotel com nome indígena: Jerubiaçaba. O velho me apontou a tabuleta onde li que jerubiaçaba em língua tupi significava *lealdade*. Senti novamente o sangue colorir minhas rugas, mas ele se limitou a comentar com o aparente fastio de erudito que o tupi da corporação hoteleira não lhe inspirava mais confiança do que o latim do pároco local. Acrescentou ser frequentador assíduo da Capela de Águas, onde um padre antigo teimava em dizer missa à velha maneira. A alusão à *lealdade* não fora evidentemente dirigida contra mim e essa ideia me aliviou mas não durou. Atemorizado, percebi que o Professor fazia aquelas alusões irônicas apenas para ganhar tempo: pretendia me dizer alguma coisa importante e grave, anunciou. Esperei, gelado. Ele refletiu um pouco, olhando para o chão. Começou a falar com voz tão sumida que para ouvi-lo quase encostei meu rosto ao seu. Distanciada dos cochichos do marido, Helena aproveitou a oportunidade para se despedir de mim com um discreto movimento de cabeça. Chegara a hora terrível do julgamento há trinta anos esperada. A partida de Helena, entretanto, deixou o Professor num grande desamparo. Procurou apoiar-se em meus braços com tanta força que por um instante tive a impressão de que ia me agredir. Subitamente se acalmou e a voz tornou-se mais clara. De minha parte, aproveitara o adiamento da execução a fim de me preparar moralmente para a atitude que devia tomar. Ouviria tudo, não diria uma palavra e no fim me ajoelharia e se não fosse repelido, lhe beijaria as mãos.

Começou dizendo com voz pausada que aquele local e o momento não serviam para a conversa longa que pretendia ter comigo, mas que poderíamos nos encontrar no dia seguinte. Eletrizado pela esperança — seu tom preanunciava a certeza do perdão — cheguei a gaguejar alguma palavra de reconhecimento pela graça tão perto de ser alcançada. Contudo, ele prosseguiu e o que disse me reconduziu ao silêncio, não mais da penitência mas do espanto devido ao rumo totalmente inesperado que tomou. Articulando as frases com uma nitidez crescente, impregnada de desespero, disse que praticara um crime e pagara duramente por ele. O castigo fora tal que não atinava com outro pior. Mesmo assim, não encontrara paz. Voltara à igreja da infância, procurava se confessar e comungar diariamente, mas sua natureza o levava a se rebelar também diariamente, querendo se vingar da punição merecida apesar de sua incomensurável crueldade. Passava os dias pesando nos pratos de uma balança enlouquecedora seu crime e seu castigo. O encontro fortuito comigo lhe parecera predestinado, acrescentou tomado de grande exaltação. A frase sobre a *balança enlouquecedora* me pusera de sobreaviso: inclinei-me de repente para a ideia de que o Professor estivesse desequilibrado e preparei-me para ouvi-lo pacientemente. A nova situação explicava sua cordialidade confiante desde o encontro na praça e reacendia em mim as agulhadas de um remorso agora insolúvel, pois seria nulo o perdão de um louco. As palavras seguintes demonstraram que adivinhara minha suspeita. Acrescentou que compreendia minha inquietação, que as generalidades confusas em que se perdia deviam fazê-lo aparecer como vítima de algum mórbido devaneio. Infelizmente, não se tratava disso, não estava demente, os fatos existiam e eram implacáveis. No dia seguinte eu ficaria sabendo de tudo e poderia julgar. Marcou encontro comigo na pequena praça, ao cair do sol. A luminosidade excessiva lhe fazia mal.

Enquanto subia lentamente a rampa ajardinada que conduz ao Grande Hotel, meu espírito foi abalado por uma desordem que atravessou a noite e só foi vencida pelo cansaço da madrugada. Ao acordar, fui tomado de assalto pela preocupação da véspera e minha tensão só fez aumentar à medida que se aproximava a hora do encontro. No mesmo banco da véspera Helena, só, olhava interessada os restos de um anão, apenas duas botinhas amarelas se destacando no verde do gramado. Fora arrancado pela ventania daquela noite ou pela inconsciência de algum turista insensível à graça ingênua da estância. Começou dizendo que o Professor não se sentia bem, passara o dia deitado mas não era essa a única razão de ter faltado ao compromisso. Na verdade, depois de ter me reencontrado não mais tivera ânimo para falar de novo comigo. Pedira-lhe que o fizesse por ele, contando-me tudo, tudo. Estava disposta a cumprir à risca a missão. Havia entretanto um elenco de pormenores sobre um dado importante que não conhecia e se recusava a conhecer. Exigia, também, que a deixasse falar sem interrupção, não só para facilitar sua tarefa mas também porque esgotaria de tal maneira o assunto que não sobraria resposta para qualquer pergunta.

Todos meus sentimentos anteriores tinham sido substituídos por tal curiosidade em estado puro que apagou momentaneamente a própria identidade de Helena. Penso que o mesmo sucedeu com ela: logo depois de ter começado a falar, minha personalidade se dissipou apesar de seus olhos não se despegarem do meu rosto. Falou num fluxo quase contínuo, lentamente, cuidando de nada esquecer e com tanto método que nunca precisou voltar atrás a fim de complementar o que já dissera. A maneira um pouco declamatória de Helena se exprimir me pareceu familiar, de uma familiaridade literária e procurando lembrar o nome do escritor a que tanto se assemelhava, descobri que era eu próprio, autor inédito de numerosos escritos num estilo antigo, quiçá pomposo. Permaneceu severa o tempo todo e a ironia que por vezes brotou de sua narração era intrínseca aos fatos que relatava, jamais calculada para provocar a aflição que ressenti.

"Alberto só amou três pessoas na vida. A primeira foi você e se não tivesse viajado e eu não tivesse aparecido, teria sido provavelmente o único. Isso foi tanto mais extraordinário que duvido da existência de alguém que tivesse como ele tanto amor para dar. Não saberia explicar por quê, mas sei que o sentimento pelos pais e irmãos nunca ultrapassou o quadro de uma convenção obrigatória. Os chamados amigos da infância, da juventude e da maturidade foram numerosos mas variáveis, simples companheiros de brinquedo, estudo ou conversa. Esse bloqueio psicológico era certamente muito profundo mas não insondável, tanto assim que apenas com sua timidez e desenvoltura você atingiu em cheio o imenso lençol de afetividade resguardada. Do encontro no ginásio até a partida para a Europa você foi o centro da vida dele. Nunca lhe fez a menor restrição, até seu nome ele achava bonito. Quando nos encontramos, fui eu quem se apaixonou em primeiro lugar, ele só pensava no amigo ausente. Como lamentava não ter um retrato seu! Amo meu marido até hoje com a mesma força e sou ciumenta por natureza. Pois bem, durante mais de trinta anos de amor, a única pessoa de quem tive ciúme foi você. Gostei de Alberto no dia em que o conheci e comecei a procurá-lo sob os mais variados pretextos. Penso que se me recebia tão bem foi só porque encontrara uma ouvinte atenta e interessada nas histórias a seu respeito. Lia em voz alta suas cartas e as comentava longamente omitindo do relato, como verifiquei mais tarde, uma ou outra aventura mais escabrosa, falava rindo das suas inúmeras namoradas, da sua insistência em apresentá-las uma a uma para que desse sua opinião. Meu ciúme era descabido: foi graças a você que me conheceu melhor e gostou de mim. Na ânsia de te afastar precipitei os acontecimentos, ficamos amantes numa manhã e na mesma tarde ele começou a cuidar dos papéis. O motivo da pressa em casar era o desejo que eu engravidasse o mais rapidamente possível e isso me comoveu, mas esfriei quando desejou que nosso filho fosse um rapaz como você. O escurecimento de nossas vidas começou aí: passaram-se os meses e eu não engravidava. Seu orgulho me responsabilizou pelo malogro. Só depois de me fazer examinar por inúmeros especialistas, unânimes em reconhecer minha capacidade de procriar, é que se resignou a passar por exames semelhantes. Familiarizou-se com uma dezena de médicos e outros tantos laboratórios. Finalmente, ao aceitar a ideia de que era estéril, aproximou-se como nunca de mim. Durante os trinta anos de nossa vida em comum foi esse o período em que fomos mais unidos, pensando e reagindo como uma só pessoa. Foi essa identificação milagrosa que tornou possível a loucura a que nos atiramos. A primeira vez que Alberto me expôs o plano, reagi horrorizada e apelei para o meu confessor. Fui e sou católica, minha religiosidade sempre foi viva apesar de simples e assim permaneceu sob meu marido ateu, quando me tornei uma intelectual capaz de refletir, saber coisas e exprimi-las. Meu confessor já se zangara comigo duas vezes, a primeira por me entregar antes do casamento e em seguida por não conseguir persuadir meu noivo a casar na igreja. Desta vez, encolerizou-se e gritou comigo. Segundo ele, eu estava sendo induzida pelo demônio a desafiar frontalmente a vontade de Deus e a cometer um crime contra o próximo. Que se me tornasse cúmplice desse celerado projeto do meu marido, não haveria mais lugar para mim na igreja católica: ele, em todo caso, me proibiria de lhe falar dentro ou fora do confessionário. Na verdade, não cumpriu a ameaça pois continuou cheio de amargura a me receber, ouvir e aconselhar no confessionário, na sacristia ou na casa paroquial, isso até o ano passado quando morreu velhinho. Discuti com Alberto os argumentos de meu confessor. Com a honestidade de sempre, estabeleceu uma diferença nítida entre as duas afirmações do padre. Comentava ironicamente a aceitação da possibilidade de um desafio humano a Deus, ideia que só pode nascer de um diabólico pecado de orgulho, assunto no qual se considerava, com razão, uma autoridade. Não caçoava, entretanto, da alusão ao crime contra o próximo. Foi esse o ponto que analisou com maior seriedade durante as semanas que levou para me persuadir. Meus pobres argumentos foram destruídos com facilidade pois fora ele o agenciador paciente e hábil do mecanismo do meu raciocínio. Hoje vejo claramente o método com que trabalhou: isolando inicialmente Deus, tão inacessível a um crente quanto a um ateu, concentrou-se no crime contra o próximo e o próximo era você. Para argumentar, admitia ser o criminoso e você a vítima e perguntava quem sairia mais prejudicado. Deliberadamente, iniciava o debate num nível vulgar de aparências imediatas, ele corno e você sedutor. Em seguida, contrastava o dolorido constrangimento a que se impunha, com a impetuosa alegria do prazer sexual que você tantas vezes lhe descreveu em conversas e cartas. Suas reflexões iam subindo de nível até alcançar um universo de valores espirituais que me pareceram sublimes e até hoje me comovem. A mais grave consequência para ambos seria a perda recíproca do amigo. Alberto analisava o pouco que isso significaria para você, com sua vida repleta de amor correspondido pela família, pelos amigos e pelas mulheres, suscitando a afeição no simples acaso de viver e revelando uma insaciável capacidade de renovar. Invertia, em seguida, o ângulo de aproximação e esboçava o que você representava na vida dele. A comparação era irresistível. Você surgia aborrecido pela perda de um amigo e ele como vítima de um sacrifício. Explicou-me a necessidade desse sacrifício em termos de uma metafísica recente mas sincera que desmentia o naturalismo científico de sua filosofia: ele seria um daqueles homens predestinados a terem pouco em qualquer terreno. Uma lei misteriosa lhes negava o direito à acumulação e à variedade, só permitida através da substituição. A cifra *dois* era sua quota de amor neste mundo e se encontrava completada por mim e você. O amor de um filho exigia o sacrifício de um de nós dois, você ou eu. Chegou a me dizer uma coisa que só recentemente lhe perdoei: que se ele me tivesse engravidado, acharia harmonioso que eu morresse no parto e que a quota ficasse preenchida por você e pelo filho. Essa exaltação perversa era rara. Dominava largamente o sentimento de nossa identificação e baseado nela Alberto descartou a contraproposta que fiz de adotarmos uma criança: parecia-lhe essencial que o filho emanasse pelo menos de um fragmento do ser único que constituíamos. Não preciso dizer mais porque esse elemento exterior a nós, indispensável se bem que provisório, não podia ser outro senão você. Admito que a face sombria da minha personalidade exerceu um papel no acontecimento. Enleada em temores e escrúpulos de toda ordem, houve um ponto nessa loucura que sempre me estimulou: você desapareceria para sempre da vida de Alberto."

Sem tirar os olhos de mim, Helena calou um instante. Não interrompi seu silêncio e ela prosseguiu: "Não creio necessário esmiuçar o projeto preparado por ele nos mínimos detalhes, e cuja execução você conhece tão bem quanto eu. O que facilitou tudo foi o extraordinário conhecimento que ele tinha de você. Observara que as moças que mais o atraíam, na vida, nos magazines ilustrados ou nas telas de cinema, tinham uma coisa em comum: quando riam aparecia o começo da gengiva superior. Nunca fui de rir muito e quando ria, mal entreabria a boca. Precisei me submeter a penosos exercícios na frente do espelho até obrigar os músculos doloridos a franzir o lábio como era preciso. O cinema, que ele sempre detestou, também nos serviu. Você o arrastava para ver filmes — só mesmo você — e Alberto se divertia com o seu entusiasmo pelos penteados que alongavam o pescoço e pelas toaletes que insinuavam sem discrição as reentrâncias da anatomia. Desde sua partida para a Europa que não pisara numa sala. Pois a elas voltou comigo, se orientando pelas fotos expostas, me pedindo que prestasse a maior atenção nos vestidos e no jeito com que as atrizes pisavam. Completou a documentação com numerosos exemplares dessas revistas tolas, editadas sobretudo em inglês. Fomos às lojas procurar tecidos e eu própria me atirei ao trabalho, cortando e cosendo porque não suportei o ridículo de encomendar um vestido desses a uma modista. Sou hábil, mas precisei refazer aquela roupagem insólita umas cinco vezes e muito mais numerosos foram os longos ensaios, primeiro em São Paulo e depois no *décor* do chalé lá em Campos. O ensaio geral, extremamente cansativo, só terminou uma hora antes de você chegar. Nessa ocasião, evidenciou-se mais uma vez a diversidade dos talentos de Alberto. Penso que poderia ter sido um grande encenador e no episódio que estou lembrando, o único obstáculo que sua criatividade não soube vencer foi a minha incompetência como atriz. Você decerto me achou uma mulher incoerente, caprichosa e inquietante, quando na realidade a personagem prevista deveria ser antes de mais nada, acolhedora e cálida. Assim mesmo, o pouco que consegui devo à pertinácia e — por que não dizer? — ao gênio de meu marido. No momento de entrar em cena, quando você tocou a campainha, fui tomada de tal nervosismo que quase desisti da representação. Apelei para todas as minhas forças mas me sentia um autômato prestes a se desmontar. O fracasso da abertura alterou o roteiro e fui obrigada a improvisar. Tenho consciência de que me saí mal, mas pelo menos venci o contratempo que quase fez falhar o plano: a sua inesperada decisão de esperar a volta de Alberto na casa de parentes em Capivari. Consegui me controlar, mas para executar a tarefa durante quatro dias e quatro noites penosas, intermináveis, tive que modificar completamente a personagem composta com tanta imaginação. Utilizei pouco o longo texto que ele escrevera e que eu sabia de cor, devendo recitá-lo à mesa, na cama e durante as horas vazias de repouso. Você me ajudou muito no primeiro jantar quando falou o tempo todo, contando histórias que eu não ouvia, preocupada como estava em rir arreganhando o lábio para entremostrar a gengiva. No leito, o silêncio era mais fácil e pude dispensar sem inconveniente as linhas carregadas de erotismo que Alberto traduzira e adaptara de livros franceses especiais. Quanto ao resto do tempo, ainda bem que você aceitava de bom grado ir passear sozinho pelos arredores ou descansar no quarto de hóspedes. Devo dizer que antes da tragédia que desabou sobre nós aquele período com você foi o pior da minha vida. Teria sido mesmo insuportável não fosse o seu feitio submisso, aceitando sem o menor desagrado as regras do jogo que impus com uma autoridade de que me julgava incapaz. Sinto que insensivelmente estou atribuindo a você e a mim méritos excessivos mas é só a Alberto que ficamos devendo o perfeito desenvolvimento da infeliz empreitada. O meu nobre e pobre marido merecia que tudo corresse bem. Pormenores que parecem ridiculamente meticulosos dão a ideia do seu empenho, trabalho e despesas. Ele sabia o que você mais gostava de comer e afligiu-se muito por não encontrar codornas e perdizes disponíveis para aquela noite. Foi salvo pelas suas cartas da Europa que sempre consultava e nas quais você exaltava o *canard aux oranges*. Os vinhos estavam armazenados à sua espera muito antes do projeto fatal, mas as garrafas numeradas do champanhe sobre o qual você escreveu num cartão com a Catedral de Reims, essas foram conseguidas a duras penas e muita peseta. Se convencera de que esse champanhe e nenhum outro, deveria ter um papel decisivo no primeiro jantar, momento crucial do enredo. Em São Paulo, nenhum comerciante conhecia essa marca: viajou para o Rio à procura, o que era normal, mas prolongou a viagem até Porto Alegre, desorientado por uma informação errada. Consultou sem resultado os entendidos em vinho e afinal, disposto a tudo, pediu aos cronistas mundanos para recebê-lo. Um deles informou que algumas dúzias da famosa marca eram a glória da adega do Jockey Club da Argentina. Alberto chegou a pensar em ir a Buenos Aires mas lembrou que um dos entendidos em vinhos que consultara, um professor de teoria literária, estava de partida para lá. O professor recebeu a visita e o pedido um tanto surpreso pois mal conhecia Alberto. Mas como era amável e tudo o que se referisse a vinhos lhe inspirava simpatia, desincumbiu-se de uma missão difícil que exigiu o suborno de um *maître d'hôtel* inglês, figura venerável no quadro da sociedade portenha. Apesar de tão trabalhoso, o pormenor do champanhe não é o melhor exemplo da sua meticulosidade, pois se tratava de um recurso de choque: mais sutil foi a escolha da sobremesa. O pato e as bebidas, com o terreno bem preparado pelo aconchego materno de um caldo caseiro, servido em larga sopeira, solicitavam o seu apetite e gosto de forma direta. A função da sobremesa, mais psicológica, era a de provocar o mecanismo inconsciente de sua memória tão vibrátil às conotações sensuais. De início, Alberto escolhera figos, mas naquele tempo eles não tinham a qualidade dos que são cultivados hoje em Valinhos. O obstáculo foi favorável pois o levou a uma solução incomparavelmente mais fina. Estava bem a par daquela aventura pouco antes de sua viagem à Europa, aquela mulher de riso cascateante e gengiva exposta que, de acordo com suas confidências, tinha um poder de atração sexual mais forte do que qualquer outra. Você não a esqueceu e foi grande sua decepção quando soube que se casara. Muitas vezes Alberto foi com vocês ao restaurante e observou que ela gostava de variar o menu mas como sobremesa pedia sempre creme de caramelos. Penso que tinha razão quando sustentou diante do meu ceticismo que esse doce trivial para a maior parte das pessoas devia ter adquirido em você uma carga detonadora das mais eficazes. Quando fiz meu relatório circunstanciado sobre os quatro dias no chalé, conce-di-lhe que o creme de caramelos tinha sido mais decisivo do que o vestido, o vinho ou a gengiva para atraí-lo à cozinha na hora do café, numa postura cuja aguda indiscrição normalmente cons-trangeria qualquer pessoa educada. Contudo, seria errado con-cluir que nosso trabalho inspirou-se exclusivamente na observa-ção direta da vida. Lemos e estudamos muito, sobretudo Alberto que se encarregava, sozinho, dos textos em línguas estrangeiras, terreno em que nunca fui forte a não ser em espanhol e francês. Foram os livros que nos ensinaram que uma refeição regada de bons vinhos é estimulante, mas a repetição é contraproducente. Boa parte dessas leituras foram inúteis, pois eram dedicadas so-bretudo a ensinar o prolongamento e o esticamento da carícia até o limite do tolerável, requintes que não tinham utilidade para os fins que o envolviam. Quanto a nós, fomos sempre fru-gais em sexo. Para a simplicidade dos nossos objetivos em rela-ção a você, a ingênua observação da natureza predominou e nesse terreno fiz minha modesta contribuição. Sou filha e neta de fazendeiros, passei a infância em meio de cavalos e touros e com surpresa li, na tradução espanhola de um livro escandinavo, a descrição ilustrada de um método que se assemelhava muito às manipulações a que são submetidos os garanhões para facilitar e abreviar sua função".

Helena fez uma pausa mais longa. Sua voz enrouquecera. Aproximou-se para falar mais baixo. O olhar mudara. Não estava apenas vagamente dirigido para mim, mas me examinava, atento à minha presença.

"Alberto se preocupou demais com sua saúde. Algumas passagens de uma carta em que você zombava dos médicos franceses fez nascer a suspeita de que adquirira em Paris alguma doença venérea. Mas não foi só isso que o levou a submetê-lo a tantos exames. Pela frequentação dos doutores, ficara sabendo que a proporção dos homens estéreis é bem maior do que se imagina. Era indispensável termos certeza de sua capacidade, sem o que todo o nosso paciente esforço seria inútil, pior do que inútil, ridículo. Resolvido esse ponto, os dias previstos para nossa aproximação foram escolhidos com precisão. A única coisa que ele não conseguiu memorizar foi o ritmo do meu fluxo. Sublinhou minhas datas num pequeno calendário que precisou consultar, um pouco embaraçado, quando fixou o dia em que o esperávamos em Campos do Jordão. Só ficou à vontade quando você o fez lembrar que festejaria conosco o aniversário. Apesar de todos os sacrifícios, temíamos a intervenção de algum imponderável e por isso ficou decidido que ao dispensá-lo, não se cortaria a possibilidade de novos encontros. Estávamos dispostos a que eu o procurasse novamente quantas vezes fosse necessário. Não foi. Nosso filho nasceu no prazo normal, exatamente nove meses, dia a dia, hora a hora da sua partida do chalé. Tenho certeza de que se você tivesse ficado um dia a menos, tudo teria que ser recomeçado. A partir do instante em que foi constatada e confirmada minha gravidez, deixamos de tocar em seu nome. Digo mais, sei que durante quinze anos ele não pensou sequer em você, o que me levou a acreditar na estranha teoria da sua quota de amor limitada a duas pessoas. No entanto, a devoção e o carinho com que inundou a vida do nosso filho e a minha tinha tal volume e força que por si só teria acelerado a transformação do mundo, na hipótese impensável de poder se prestar a uma partilha. Quanto a mim, raramente me lembrei de você durante aqueles anos de plenitude. Na realidade, chegara a conhecê-lo exclusivamente através de Alberto, conhecimento que não teve um suporte visual. Em casa não havia retratos seus e para levar avante a provação a que me submeti foi indispensável não olhar para você. Nos primeiros momentos, precisava ficar atenta mas em seguida não vê-lo se automatizou. Na cama, a penumbra simplificava tudo mas não foi esse o motivo que a determinou: beijá-lo sem vê-lo seria mais fácil do que o jantar a dois durante hora e meia, sem conhecer sua cara, o que logo no primeiro dia consegui. Se houvesse necessidade técnica, se você entrasse na categoria dos erotômanos visuais obsessivos da classificação de Kerner, eventualidade improvável segundo meu marido, eu teria acendido as luzes a fim de expor minha nudez o tempo e as vezes que fosse necessário. Meu pudor não ficaria ofendido, pois ele se fora com Alberto e só voltaria quando você desaparecesse. Se organizei a escuridão, foi porque não me sentia autorizada a camuflar o pequeno Nosso Senhor e os santos que sempre me acompanham. Ao mesmo tempo, não tolerava que fossem vistos ou vissem aquele estranho ao meu lado. Nada tinham com aquilo, sempre mantive Deus rigorosamente fora do esquema, tanto assim que, durante aqueles dias, não interrompi minhas orações. Mas nunca pedi ajuda do céu para engravidar. Em suma, o fato de não vê-lo fez você permanecer plasticamente um desconhecido, mesmo carnalmente, pois sempre estive por demais concentrada em meu trabalho para sentir sua penetração e seu peso. Você era uma abstração fácil de esquecer. É provável que inconscientemente sentisse necessidade de seu total esvanecimento. Mais tarde, quando a memória trouxe de volta cada coisa, uma a uma, Alberto e eu julgamos que se o seu desaparecimento total fosse ratificado pela morte, isso talvez teria significado uma esperança para nós. Logo ele abandonou essa ideia, eu não. Na maturidade, deixei de concordar necessariamente com todas as visões do meu marido, sem nunca deixar de reconhecer sua esmagadora superioridade. Inclinávamos em direções diversas de acordo com os matizes de nosso temperamento, meu marido orgulhoso e autopunitivo, eu muito mais apagada. Na plenitude, o papel dessa diferença foi nos fundir na alegria da maternidade. Eu não saberia descrever a felicidade que essa criança nos trouxe. E seria cruel relembrar. Desde menino nosso filho foi uma réplica de todas as qualidades de Alberto, acrescidas de uma disponibilidade diante de todos e de tudo que meu pobre marido nunca conheceu. Atingida a adolescência, o feixe de talentos e virtudes se encarnara num belo rapaz. Data desse tempo o ensombreamento de Alberto, a fisionomia impregnada de um temor difuso, que logo adquiriu os contornos de um envelhecimento prematuro. Como foi sempre ele que comandou as nossas conversas, esperei quieta e inquieta que se abrisse afinal. Seu humor alterado começou a provocar crises anunciadas por seu comportamento na mesa, olhando fixamente o filho ao ponto de constrangê-lo. Em seguida, levantava-se em silêncio e ficava horas na biblioteca escrevendo números ou — o que era pior — trancando-se no quarto para chorar. Nosso filho chegara à graça um pouco ambígua da adolescência e lembrando velhas leituras sobre sexo eu me perguntei se o que estava abalando Alberto não seria o temor de o menino ser homossexual. Entretanto, aquele que eu olhava ainda como se fosse uma criança logo encontrou a companheira dentro das normas da juventude de agora. E o pai no mesmo mutismo e tensão. Com isso tornou-se cada vez mais rara a presença do garoto em casa. A universidade, o trabalho, a moça, os amigos inumeráveis, uma multiplicidade de compromissos que meu entendimento não abrangia e finalmente o apartamento que alugou com a amiga fez com que não o víssemos mais, ou muito pouco. Jantava conosco por ocasião do seu e de nossos aniversários. Eu não me queixava, compreendendo como devia ser penoso para um jovem como ele assistir àquele inexplicável sofrimento do pai. Era no maior desalento que eu examinava a cesta repleta de folhas amarfanhadas: números, só números dispostos nas mais variadas composições e acompanhados dos sinais de + ou −, destituídos porém de qualquer função aritmética. O cálculo era outro e me escapava. Lia obsessivamente livros importados, que me eram inacessíveis devido à língua e à linguagem. Minha inquietação crescia mas nunca pensei em forçar a vinda de um médico porque sabia que meu marido não estava louco. Mas dava essa impressão principalmente durante as reuniões de aniversário do nosso filho e a tal ponto que pensei em cancelar esses jantares. Não foi preciso. No dia em que completou vinte e cinco anos, ele e a noiva não apareceram no jantar que preparei com especial carinho e tristeza, decidida como estava de que seria o último. A aproximação desse aniversário provocou em Alberto uma crise mais forte: recolheu-se num mutismo total, não tocando sequer nas refeições que lhe levava na cama. E claro que não desceria para o jantar, o que me aliviou muito. Nessa noite do malogrado aniversário, subi ao quarto para me preparar um pouco, preocupada em apresentar aos jovens uma aparência agradável. Foi com alegria que ouvi afinal a voz de Alberto, num tom de pânico, embora. Disse-me que se o filho chegasse, queria ser avisado mas não desejava vê-lo naquela noite, que voltasse no dia seguinte. Estranhei a condicional apenas murmurada e voltei a pensar nela quando, já bem tarde, jantava sozinha na mesa florida e quase intacta. Em dado momento percebi que Alberto se levantara e sondava arfante o silêncio da casa. Minutos depois, ruídos estranhos me fizeram correr ao quarto onde o encontrei com os olhos esbugalhados, num estado que me pareceu de agonia. Durante as semanas seguintes não tive outro pensamento e não fiz outra coisa senão lutar pela sua vida. Os médicos não atinavam com seu mal, limitando-se a prescrever com ceticismo uma ou outra poção. Só não morreu porque não deixei e também porque ele não queria me deixar. Assim que melhorou, corri ao apartamento de meu filho em Vila Buarque mas o zelador só soube dizer que os jovens tinham se mudado há algum tempo. Insisti em prolongar o diálogo, disse-lhe quem era, que o pai do moço estava doente, precisava avisá-lo, que me indicasse algum vizinho ou amigo, tinha que saber seu novo endereço. O homem, um nortista, encolheu os ombros: não sabia mais nada. Voltei para casa cheia de aflição mas Alberto, que emergia pouco a pouco do esgotamento e do silêncio, não fez perguntas. A convalescença foi inesperadamente rápida. Readquiriu nova energia, começou a sair diariamente, fez viagens cujo objetivo sempre ignorei. Ao mesmo tempo, recomeçou a se preocupar muito comigo tentando me tranquilizar a respeito da prolongada ausência do rapaz. Me contou um dia que nosso filho fora preso mas acrescentou que não me preocupasse em demasia, a prisão de jovens se tornara um fato corriqueiro. Sim, já tomara todas as providências, era preciso ter calma. Finalmente, com infinitas precauções, revelou que nosso filho morrera precisamente no dia do seu aniversário. Foi sua vez de cuidar de mim e de não me deixar morrer. Sua luta foi bem maior, pois da minha parte não havia escrúpulos em morrer e deixá-lo só. Quando me senti restituída ao mundo, martirizada por uma bendita irrupção de artrite cujas dores conseguiam distrair meu pensamento, Alberto recomeçou suas andanças e viagens que se estenderam por meses. Ficou sabendo de tudo, tenho certeza, absolutamente tudo e só descansou, de acordo com seu temperamento, quando esgotou até a última gota todas as fontes possíveis de informação. Só fiquei sabendo que meu filho fora preso sob um nome falso nunca desvendado e que alguns dias depois morrera na prisão. Nunca admiti saber mais e mesmo durante seus mais violentos devaneios, Alberto sempre respeitou minha ignorância. Nas duas ou três vezes, como aqui ontem à noite, em que já nas fronteiras do delírio ele ameaçou se exceder, bastou sentir o contacto das minhas mãos para se calar. Por outro lado, como proibi qualquer exercício à minha imaginação, vou morrer sabendo apenas que meu filho foi preso e morreu quando completou vinte e cinco anos. Abri exceção quanto à noiva e fiz perguntas. Fiquei sabendo que também fora presa e mergulhara na loucura. Um de seus avós é rico e agora ela se encontrava internada na Suíça, provavelmente para o resto da vida, que peço a Deus que seja abreviada. Cumprida sua missão, Alberto voltou para casa de onde praticamente só tem saído duas vezes por ano para me acompanhar até aqui. Ultimamente vem assistindo à primeira missa do dia na paróquia das Perdizes. Nunca mais abriu um livro, só lê dentro de si próprio de onde arranca toda a matéria para suas reflexões que não param porque nunca ele falou tanto. Antes da tragédia já se considerava culpado por tudo e esse dado fundamental não variou. Para chegar a ele, elaborou sucessivamente várias teses que, afastadas as variantes e combinações, se resumem a duas: a primeira, já imaginada antes da morte do garoto e a última na qual se fixou definitivamente. O resumo de ambas é idêntico: ele cometeu um crime e o castigo foi a morte do filho. O que distingue uma tese da outra é a natureza do crime. O ponto de partida foi a velha ideia a respeito da quota de amor a que tinha direito neste mundo, à presença implacável da cifra *dois*, noção que colhera na numerologia, ciência que mais tarde, como sempre, deveria esgotar. Esse gênero de preocupação que teve a importância que você conhece quando decidimos nos dar um filho desvaneceu-se durante sua infância e primeira juventude. Eu me pergunto hoje se o que desencadeou a imaginação de Alberto não teria sido uma eventual semelhança entre nosso filho e você. Não posso saber se o jovem com o qual me deitei em Campos do Jordão e que nunca vi era parecido com meu filho. Desde ontem te examino procurando adivinhar se meu filho envelhecido seria parecido com você. Mas esse é um esforço absurdo pois ele terá sempre vinte e cinco anos até chegar o momento de sua segunda morte, a definitiva, quando Alberto e eu morrermos. O papel que a cifra vinte e cinco desempenhou no drama foi decisivo. A combinação entre o *dois* e o *cinco* pode ser das mais funestas e quando Alberto se lembrou de que você fizera vinte e cinco anos precisamente no dia em que me engravidou, nunca mais parou as leituras e cálculos na esperança de ver anuladas por algum erro as conclusões invariavelmente aziagas da numerologia. A coincidência, incrível para ser apenas mera coincidência, de datas e idade, fortificou em mim a teoria de Alberto. Daí por diante, não foi difícil me convencer de que o crime denunciado pela ciência hermética fora cometido sobretudo contra você. Alberto não tinha o direito de desalojá-lo, como também a mim, de sua afeição. Éramos inamovíveis e intransferível o seu amor por nós. Qualquer desobediência violaria frontalmente a Grande Lei que o marcara e prevenira com o único signo que não admite controvérsia: a esterilidade. Reconhecendo-se com o direito de promover uma substituição de pessoa, respeitando a quota prevista, Alberto trapaceava com a agravante de atribuir à pessoa indevidamente expulsa, você, a tarefa de lançar a semente da própria substituição. Penetrou ele mais fundo na zona da proibição. Por algum sinal que ignoro, alarmava-se com o crime que praticava e pensou retroceder, recebê-lo de volta na posição anteriormente ocupada. Era tarde. O substituto, nosso filho, estava para nascer e perdido no emaranhado do país do mal, meu intrépido e pobre marido desejou que graças à minha morte a quota à qual tinha direito se preenchesse com nosso filho e você. Mais tarde, delirando com a esperança de que a alquimia da vida pudesse ser burlada, desejou ardentemente que você tivesse morrido a fim de que não se alterasse a trindade constituída por ele, pelo filho e por mim. A noção de trindade levou Alberto ao abandono dessa primeira tese que não só aceitei mas à qual permaneço fiel apesar da dialética persuasiva de Alberto e das objurgações do meu confessor. Foi a primeira vez que meu marido não conseguiu abalar meu raciocínio. O mérito é todo dele e confirma suas virtudes de mestre, pois me parece milagroso que tenha tirado da minha mediocridade a capacidade de enfrentá-lo. Com o padre, a resistência era mais fácil pois ao descobrir a duplicidade incomunicável do universo, nunca mais confundi suas respectivas esferas. Foi então a ideia de trindade que trouxe Alberto à posição que hoje defende. Procurou ele refletir sobre a natureza da contradição entre o *três* e o *dois*. Pareceu-lhe transparente a possibilidade de fusão entre a Trinca e o Único. Nas raras vezes que procurou termos de comparação para a Verdade Irrevelada, concluiu com a boa-fé de sempre que não havia nesse ponto motivos para querelas com a Verdade Revelada. Se o *três* e o *um* se apelam incoercivelmente, é também incoercível a repulsa recíproca entre o *dois* e o *três*. Quando ele completou o aprofundamento teórico do problema, acreditou ter encontrado a chave definitiva para o esclarecimento de seu destino. Interpretara erroneamente a cifra *dois* de sua quota afetiva, ao se atribuir a faculdade de amar e ser amado até o limite de duas pessoas. Na realidade, só tinha direito a uma, pois o orgulho, ou mais precisamente, o amor-próprio, fizera com que de saída já preenchesse consigo mesmo metade de sua quota. Não tenho a veleidade de enfrentar intelectualmente esta última tese que não oferece uma brecha. Se lhe resisto, é porque me emociona até as lágrimas o excesso de humanidade que transpira, essa frágil humanidade de Alberto com sua disposição heroica não só de assumir toda a culpa do mundo, mas de restringir sempre seus direitos de vida, defesa e protesto. A convicção a que chegou tem o mérito, além de todos os outros, de promover a progressiva pacificação de seu espírito. Sacrificados você e o filho, apenas consigo e comigo, agora ele sabe que não constitui mais uma ameaça ponderável ao equilíbrio universal. A rebelião praticamente se dissipou e o episódio de ontem foi uma exceção, que não se repetirá, causada pelo impacto de encontrá-lo, acontecimento prenhe de consequências que não poderão ser arriscadas. Se renascesse o amor recíproco entre Alberto e você, tudo recomeçaria. O encontro de ontem foi o último. Meus vinte e cinco dias de cura estão apenas começando. Águas de São Pedro é pequena demais para nós três. Exijo que parta hoje. Quero esclarecer que Alberto e eu não esperamos que nos condene ou absolva, pois você compreenderá que não tem autoridade nem competência para nos julgar. A fim de nos precaver contra qualquer ardil que se aproveite da humana fragilidade de Alberto, direi que você não respeitou a gravidade da situação, que zombou de nós achando-nos loucos e delirantes. Apresso-me agora em ir ter com ele, durante os últimos anos nunca o deixei tanto tempo só. Reconheço que no mundo só duas pessoas merecem esse sacrifício: a noiva louca e você. Adeus."

Petrificado pelo pasmo e pela comoção, não tomei consciência do afastamento de Helena. Quando me vi sozinho no banco, rodeado de anões, me precipitei correndo para o hotel, atravessando para ganhar tempo o centro do gramado cuja rampa é bem mais abrupta do que as das alamedas laterais. Cheguei sem fala e precisei descansar um pouco antes de avisar que partia e desejava saldar minha conta. O recepcionista me olhava surpreendido, sem ouvir aquilo que eu julgava dizer. Compreendi que as últimas horas me haviam desabituado de falar e precisei de esforço para devolver às palavras sua função habitual.

Voltando para São Paulo, as estradas desafogadas àquela hora da noite, a atenção necessária para guiar o automóvel não interrompeu o curso de minhas reflexões. Meu pensamento abandonou logo a face patética de Helena e a figura trágica do mestre para se concentrar no filho que durante um tempo tão curto eu ganhara e perdera. A sinopse esquelética da vida de meu filho com o nascimento, estudos, amor, luta, martírio e morte, lançou sobre a minha vida um vazio imenso que só sua lembrança poderia preencher. Essa ideia me fez voltar aos outros intérpretes do nosso drama. Eu digo *nosso*, consciente de minha pretensão, pois não passara de um extra. Mas decidi prolongar meu papel pois não admito ver a memória do meu filho entregue à custódia de três dementes, um enlouquecido pela frustração do gênio, as outras duas pela dor. Uma enjaulada na Suíça, os outros dois completando mansamente em São Paulo o ciclo de sua loucura. Decidi pedir ao filho que me enriqueça e salve e para tanto estou disposto a tudo, mesmo rever Helena e o Professor. Enquanto isso não for possível, preciso tirar o máximo proveito das semanas que ainda permanecerão em Águas de São Pedro.

Chegando, passei o resto da noite em claro, meditando e escrevendo esta narrativa que será minha justificação se for pilhado assaltando uma casa no Pacaembu. Vou para lá agora, nesta manhã de vinte e cinco do corrente em que faço cinquenta anos e comemoro, pela primeira vez, a data da gestação e da morte do meu rapaz. Salvo alguma ocorrência inesperada, não sairei de lá sem conseguir pelo menos um retrato seu e alguns livros que preciso estudar. Esse acúmulo de aniversários, o dia do mês para cuja cifra só agora atentei e que multiplicada por dois perfaz o número de anos que vivi, tudo isso tende a avolumar a inquietação que se instalou no âmago do meu ser, mas não impedirá que siga para o Pacaembu daqui a dois minutos, no máximo, uns três. Daqui do Alto de Pinheiros até lá levarei uns vinte e cinco minutos. A hipótese de conhecer e de ser eventualmente reconhecido pelo Nosso Senhor e pelos santos de devoção de Helena, isso me é indiferente. Assino meu nome todo completando o P que habitualmente anteponho ao sobrenome. Me chamo com efeito Polydoro, combinação favorável de cinco consoantes e três vogais mas cuja relação a nova ortografia altera, nome de palhaço dado em homenagem a um bisavô ilustre e que marcou a ferro minhas aspirações à harmonia e à elegância num mundo cruel e arbitrário, cuja lógica secreta até hoje ignorei apesar da rara oportunidade que me foi concedida: conhecer o Grande Mestre.

P II: Ermengarda com H

Ermengarda ocupou minha vida anos e anos a fio e mais ocuparia não fosse uma dessas coisas que interrompe a continuidade do casamento e proíbe o retorno. Nunca foi tão adequado, como aqui, o verbo *ocupar* nos vários sentidos que o pequeno dicionário da língua propõe: tomar posse de; estar na posse de; habitar; tomar; encher; ser objeto de; atrair; exercer; ter direito a; invadir; estender-se sobre; tomar o lugar de; prender a atenção de; entreter; empregar etc. Ermengarda instalou-se confortavelmente em mim de nossos trinta aos quarenta e tantos anos. Tínhamos a mesma idade.

Nunca suportou a ideia de que sendo eu solteiro não pudesse casar com ela, o que quer dizer que nunca me perdoou por ter tido, antes de mim, um marido legal. Já a conheci desquitada, com filho crescido cuja guarda a justiça sábia havia confiado ao pai que nunca vi e sobre quem tudo ignoro. Não se referia a ele, não tinha tempo, só falava nela. Não era propriamente bela mas formosa, dentro dos padrões em voga na mocidade da minha mãe, naquele matiz rosado que inspira confiança. Só mais

43

tarde avaliei a operosidade frenética desenvolvida atrás daquela placidez antiga.

Regularizada com selos paraguaios vistosos a dispendiosa papelada em espanhol que Ermengarda não dispensou, com a melhor das intenções a levei para minha velha casa do Alto de Pinheiros. Uma experiência de juventude, moralmente dolorosa, fizera de mim um homem atento e delicado, um pouco tímido, convencido de dever mais aos outros do que eles e eu próprio a mim. Minha perspectiva de vida conjugal era simples, serena e saudável. Trabalhar o dia inteiro para aumentar o patrimônio. Uns dois filhos. Aos domingos e feriados, passeios instrutivos. Férias anuais em praias tranquilas. Mais tarde, quando a guerra acabasse, viagens. Alguma aventura que se oferecesse seria acolhida, algo ocasional, sem perigo de continuidade. Em suma, meus sonhos juvenis de suprema elegância, poder e cultura, tinham se reduzido a um nível bem paulista. Nesse quadro amável, esboçado pela imaginação, antegozava os serões dedicados a leituras militares e políticas, minha especialidade amadorística. Também poderia escrever um pouco, resquício amortecido de outra antiga veleidade.

Poucos como eu se dispuseram a ser tão bom marido, esta foi a origem do cataclisma. Ermengarda, entre outras mulheres erradas, foi a colocada no lugar mais certo: ao meu lado. Minha companhia fê-la florescer e frutificar com rara plenitude. Nunca um único homem deveu tanto aborrecimento a uma só mulher.

O primeiro dissabor surgiu no dia em que se instalou. Devo adiantar que sempre tive horror pelo meu primeiro nome. Assino apenas a inicial, paguei boa gorjeta ao cônsul para omiti-lo do diploma de casamento e em toda parte as pessoas têm a delicadeza de me chamar pelo sobrenome. Ermengarda limitara-se a não me chamar de nada até a tarde em que chegou ao Alto de Pinheiros, para ficar. Achou a casa, tão sua conhecida, grande demais e a piscina onde nunca entrara, um luxo de arrivista. O grave foi que para dizer isso, seguidamente me chamou pelo nome próprio. Logo que nos conhecemos, quando pela primeira vez a possuí, confessei-lhe esse nome numa retribuição à confiança que tivera na minha palavra, me acompanhando ao leito antes de ver assegurada uma situação definida. A revelação do segredo significava minha entrega a ela tal como se entregara a mim. Substituía assim o ritual sagrado do casamento de forma mais autêntica do que com o certificado pomposo emitido algumas semanas depois por um *Gobierno Civil* qualquer, exercido provavelmente por militar. De maneira que levei um choque quando no prelúdio da nossa união oficializada em país vizinho e amigo, Ermengarda pronunciou as quatro sílabas fatais. E as repetiu. Quando me preparei para reagir, tomou a dianteira: gostava de mim sem tirar nem pôr uma vírgula ou um nome, acrescentou maliciosamente. Mas era uma fanática da verdade e a verdade é que o meu nome era aquele. Mas aquele nome e aquela verdade, argumentei, era o nosso segredo, pertencia exclusivamente a nós, à nossa mais secreta intimidade: atentava ao nosso pudor pronunciá-lo perto dos criados. Ermengarda não prolongou a discussão. Retrucou apenas, com um sorriso bom, que aceitava morar naquela casa enorme, aceitava mesmo os inconvenientes da piscina que só servia de chamariz para meus irmãos e outros parasitas que não tinham onde ir aos domingos, mas que decididamente tinha um ou dois pontos em meu caráter que precisava modificar. Não devia ter medo, não pretendia se imiscuir na minha vida, tudo se passaria de forma tão gradativa que eu nem perceberia. Na verdade, percebi claramente quando ela me arranjou um apelido que não era bem um apelido, mas a abreviatura do nome odiado: amputou as duas últimas sílabas e o efeito que me causou essa amputação foi particularmente angustiante, soando como uma espécie de ameaça do nome inteiro. Mais tarde, permaneci sensível apenas ao ridículo da palavra *Poly*, nome de gato imposto justamente a mim que os detestava. Mas aceitei ser chamado assim não só por ela mas pelos seus parentes, amigos e conhecidos que enchiam a piscina nos domingos ensolarados. *Doro*, o resto do nome, sílabas turvas de magia negra, ficou pairando no ar prestes a me apunhalar traiçoeiramente através da boca de Ermengarda. Isso certamente aconteceria numa das manhãs em que a piscina estava cheia de velhos, jovens e crianças, tornando repugnante o mergulho naquela promiscuidade. Contudo, o diabólico *doro* jamais atacou devido à precaução que tomei de não arredar pé de Ermengarda, evitando assim que a voz estridente me chamasse. A circunstância dela nunca entrar na piscina facilitou a manobra e nessas ocasiões abençoei um pormenor que inicialmente me consternara: Ermengarda não era afeita à água, utilizando-a, inclusive na vida diária, com constrangedora parcimônia. Os melhores perfumes franceses adquiriam ao contacto de sua pele um odor singular, reconhecível entre mil. Explicada a origem do nome Poly, falta acrescentar que durante anos ela lembrou o episódio como exemplo das concessões mútuas sem as quais os melhores casamentos se arruínam. E claro, acrescentava, que por si só não bastam pois implicam um entendimento prévio. O único exemplo que apresentou do nosso foi o horror que ambos nutríamos por animais domésticos. Citava-o continuamente, mesmo depois de abrir uma exceção para o gato oferecido pelo cônsul da Guatemala. Antipatizei com o animal logo à primeira vista. Durante anos procurei ignorar sua presença e ignorei até o nome. Um dia o mordomo me perguntou nervoso se por acaso vira o Pafúncio, que Pafúncio fugira. A alegria foi grande ao perceber de quem se tratava. Mas o gato voltou.

Abreviar nomes era um hábito seu. Como falava muito, não encontrava tempo para dizer o nome das pessoas, não escapando à mutilação os familiares próximos que chegavam de Jundiaí ou Campinas a fim de passar temporadas na dispendiosa ala nova que ela me obrigara a construir. Pai e mãe eram Pá e Má, os avós paternos Vô e Vó, a avó materna, Av. Felizmente o pai da mãe de Ermengarda morrera jovem, vítima de um coice de mula mal recebido, tornando desnecessário o apelo ao engenho da futura neta que por sua vez não gostava de mortos, não falava neles e muito menos os chamava. Meu sócio pretende que esse é um ponto a seu favor. Discordo dessa opinião singular não porque favoreça Ermengarda. Há muita coisa nela que admirei, como se verá. No campo das abreviações, para dar logo um exemplo, sua fantasia era inesgotável, levando-se em conta que toda a nomenclatura cristã e tupi-guarani, com profundas incursões na árabe, judaica e oriental, frequentava a piscina. Admirei também a autoridade com que impunha as abreviações ao interessado e a terceiros, no imenso circo de suas relações. Havia naturalmente uma Isaura que virou Isa e quando apareceu uma verdadeira Isa aceitou-se facilmente como Is. Um dia fui apresentado no portão da minha casa à namorada de um dos seus sobrinhos, moça também chamada Isa, recrutada e rebatizada naquele instante. Tirei o chapéu que realmente uso e declarei o prazer em conhecer a senhorita I, repetindo o nome que ela mesma indicou ao me apertar a mão. Naquele instante tive orgulho de Ermengarda.

O único nome inviolável era o seu. Homem progressista que sou, isto é, partidário de todas as reformas ortográficas, escrevera Ermengarda sem H nos formulários para o casamento no exterior. Sua reação foi violenta: impugnou o valor legal — aliás, nenhum — dos documentos e exigiu a reinstalação do H. Tudo precisou ser refeito, paguei de novo os emolumentos e a papelada só não voltou a atravessar a fronteira paraguaia no bojo das malas diplomáticas que carregam o destino das Américas, porque os funcionários do consulado compreenderam o capricho

47

feminino e mais uma vez foram sensíveis ao valor do cruzeiro perto de seu pobre *guaraní*. Ermengarda gostava muito deles e tanto o cônsul, os adjuntos e colegas de língua espanhola ou inglesa, acabaram frequentadores assíduos da piscina. Alemães e japoneses só antes de nossa ruptura com o Eixo ou depois de acabada a guerra. Para os italianos a questão não se colocava, eles não aspiram o H que Ermengarda exigia também oralmente. Gostava do convívio de pessoas finas que o acentuavam naturalmente. Dos outros setores linguísticos esperava a deferência de um esforço. Popular como era entre os súditos, não lhes seria difícil gritar incessantemente seu nome prolongando ao máximo o H e o *er*. Nos domingos quentes ouvia-se a cem metros da casa o grasnar alegre de uma fauna desconhecida.

Resisti um pouco ao esforço de garganta que exigia o H, primeiro sinal de uma insubordinação que em seguida se transformou em revolta, mais tarde em revolução e guerra, tudo muito íntimo, de acordo com meu feitio. Minha capitulação na guerrilha do H elucida a riqueza dos seus recursos táticos. Exigira quarto e leito comum, o que de início me lisonjeara. Mais tarde descobri que não podia ficar muito tempo longe da sonoridade do próprio nome. Ao se retirarem os últimos convidados da noite e recolhidos os hóspedes aos seus apartamentos, incomparavelmente superiores ao nosso, era chegada minha vez. Ermengarda só se referia a si própria na terceira pessoa, encontrando assim um recurso de nunca abandonar-se quando fazia comentários ou perguntas a meu respeito ou a propósito de terceiros. Não esqueço sua voz durante as crises de insônia em que me acordava para fazer-lhe companhia: "Você pensa", dizia, "que Hermengarda não percebe que seu sócio está roubando? Hermengarda não seria Hermengarda se não tivesse percebido a manobra daquele tipo. Por que não ousou mais pôr os pés aqui? Porque sabe que não engana Hermengarda porque Hermengarda é Hermengarda e quando estão vindo, Hermengarda já voltou. Por que seus irmãos não têm vindo à piscina? Porque as mulheres deles, essas cunhadinhas vira-latas que você tanto agrada, têm inveja de Hermengarda, das joias e vestidos de Hermengarda, das relações de Hermengarda nos consulados. Até o marido de Hermengarda elas invejam. Hermengarda vê longe. Espere para dizer se Hermengarda tem ou não razão. O que é que seus irmãos vivem fazendo na Imobiliária, confabulando com seu grande amigo, o sócio ladrão? E por que se calam contrafeitos quando Hermengarda aparece? Pensam que podem enganar Hermengarda. O bobo desta casa não é Hermengarda não!".

Quando se calava, eu devia falar. Se nas minhas primeiras palavras seu nome não aparecesse, encolhia-se toda. Havia noites em que desejava me aproximar dela. Continuava a querer filhos e a vivacidade do desejo contornava aqueles obstáculos insinuados nessa narrativa sincera. Ermengarda, contudo, permanecia gelada até que me sujeitasse a cortejá-la em voz alta, suplicante: Hermengarda, deixe, Hermengarda, por favor, Hermengarda, um pouquinho só, Hermengarda, uma só vez minha Hermengarda! Consentia finalmente, mas exigia que eu continuasse dizendo seu nome com os hagás cada vez mais exasperados. Acabava exausto e rouco.

Não sabia o que era pior, se os domingos, jantares e serões com a tribo ou as noitadas a sós com minha dona. Apenas na Imobiliária me sentia bem com meu sócio, fiel amigo de toda vida ou envolvido pelo calor fraterno dos irmãos que me visitavam em discreta e muda solidariedade. Tinha ainda minha secretária, moça inteligente e compreensiva. Habituei-me a levá-la para almoçar no clube, continuando o exame de alguns negócios em curso. De resto, sua conversa me fazia bem e cheguei a lhe fazer veladas confidências sem tocar, é claro, no nome de Ermengarda. Fiquei animado com as palavras simples que encontrou para comentar as generalidades que lhe expusera. Talvez tenha nascido aí um esboço de ação libertadora. A cristalização desse sentimento teve, entretanto, uma natureza literária.

Vez ou outra, depois do jantar, eu ousava deixar os pais e avós saborearem meu conhaque sozinhos, comportamento que Ermengarda não tolerava, atribuindo-o ao meu egoísmo. No quarto, rugia, "Hermengarda precisa carregar o peso de tudo, Hermengarda precisa ter boa educação por dois, Hermengarda precisa ser Hermengarda e ao mesmo tempo o marido de Hermengarda". A literatura ainda ocupava no meu espírito uma posição eminente e, para servi-la, cometia a audácia de abandonar os convidados. Ficava na biblioteca enchendo páginas durante horas deliciosamente perdidas até o momento em que Ermengarda irrompia dizendo que Hermengarda estava com sono, Hermengarda queria dormir, Hermengarda ia dormir, Hermengarda queria que eu também fosse, Hermengarda tinha o sono leve, devia ter mais consideração por Hermengarda, saber que acordaria Hermengarda e Hermengarda não dormiria mais, fosse menos egoísta, pensasse no dia seguinte, era sábado, na significação do sábado e domingo para Hermengarda, nas atribulações de Hermengarda que começariam a partir de oito da manhã. Ermengarda pedia, em suma, que tivesse pena de Hermengarda.

Sempre fui sensível à acusação de egoísmo. Meu sentimento de culpa é bastante difuso para me fazer compreender que o fato de uma acusação ser injusta não significa que a desmereça, pois apenas cobra por outras vias dívidas secretas com o mundo. A lealdade que constitui o melhor do meu caráter enfraquecia ainda mais minha posição diante de Ermengarda. Não podia negar sua imensa generosidade: era excelente neta, filha, irmã, tia, prima, sobrinha e amiga. Vai ver, seria excelente mãe se o pai da criança tivesse lhe dado uma oportunidade, o que não fez. Ser tudo isso às minhas custas e contra mim me colocava em situação difícil. Para julgá-la, seria obrigado a contrapor interesses pessoais ao quadro de bem-querença formado pela legião de beneficiados. Não fosse a literatura e nunca teria me libertado dela. Em geral, não gosto do que escrevo mas houve uma noite em que, inspirado pelas comemorações da Revolução de 32, escrevi um elogio à mulher paulista que me agradou. Ansiei em me comunicar imediatamente com alguém, fosse quem fosse, quando Ermengarda entrou. Sem refletir, pedi-lhe que sentasse e li em voz alta o que escrevera. Durante meio minuto ouviu atenta o "Louvor à dama paulista", título que a interessou pois nascera em Jundiaí. Minha dama paulista, porém era genérica e intemporal, ora amparando o bandeirante esgotado pela caça ao índio, ora encorajando os voluntários de 32 que chegavam desordenadamente à retaguarda, alarmados pelos tiros. Percebendo que dificilmente se encontraria no texto, não sendo dada a caça ou revoluções, Ermengarda logo deu sinais de impaciência até que não se conteve e interrompeu brutalmente. Pronunciou *Poly* com tal ímpeto que temi fosse dizer tudo. Decididamente, eu só pensava em mim. Hermengarda, além de aguentar sozinha o casarão absurdo, tinha que ouvir as bobagens que eu ficava escrevendo ao invés de fazer um pouco de sala aos parentes que não víamos há quase um mês. Além do que essa coisa de mulher paulista estava inteiramente fora da moda, só interessava a uns tolos como eu. Despejou tudo num jato e subiu.

Para surpresa sua e minha, não a acompanhei. Permaneci na biblioteca com os brios ofendidos, não os paulistas mas os literários. Reli cuidadosamente minha composição, acordei o mordomo e mandei preparar um dos apartamentos de hóspede, o melhor da ala nova, reservado com exclusividade para a avó viúva, a querida Av que deveria chegar no dia seguinte de Águas de São Pedro, aliviada do artritismo graças à cura que a generosidade de Ermengarda lhe proporcionava no hotel mais caro da estância. Boa parte da noite Ermengarda rondou pela casa. Confabulou com os pais agora meus vizinhos de apartamento. Deviam estar cansados, pois tinham chegado aquela tarde da longa viagem de recreio pelo Uruguai, Argentina e Chile que lhes oferecera a filha. Reconheci que lhe assistia algum direito de azucriná-los até de madrugada. Perambulou por todos os quartos e várias vezes forçou a porta do meu, repetindo Poly, Poly nos mais variados tons, da carícia à ameaça. Passei a noite em claro, escutando e meditando. Aproveitando a tranquilidade que finalmente se instalara no casarão, levantei cedinho, tranquei o ex-apartamento de Av e levei a chave. Nem tomei café. Apanhei o chapéu, o manuscrito e segui para a Imobiliária. Às dez horas, Ermengarda telefonou. A voz era serena. Queria saber se eu poderia ir almoçar em casa. Av chegara fresca como uma rosa e perguntara muito por mim. Não me preocupasse, dera-lhe o quartinho azul no fundo do corredor e ela estava contente, a deliciosa velhinha se satisfazia com pouco. Pena que eu não pudesse ir almoçar, tinha peru, mas não fazia mal, guardaria um pedaço de peito para mim e Av me veria ao anoitecer. Refleti que pela primeira vez em longos anos tivera com minha esposa um diálogo civilizado.

No restaurante do clube, li em voz baixa para minha secretária o "Louvor à dama paulista". Ouviu numa silenciosa concentração, esboçando, às vezes, um movimento de aprovação. Foi longo o seu comentário indicando espírito crítico e bom gosto. O tema escolhido, segundo ela, era mais difícil do que parecia, primeiro porque muita gente, centenas, talvez milhares de pessoas já o tinham abordado. Ela própria o fizera duas vezes em composições, no primário e no ginásio. Figuras como o tribuno Ibrahim Nobre e o poeta Guilherme de Almeida, além de outros acadêmicos, já lhe tinham consagrado discursos e páginas memoráveis. Contudo, eu soubera rejuvenescer o assunto: para dar relevo à mulher de São Paulo, tivera a habilidade de não apresentar os paulistas como titãs, mas pessoas empenhadas em esforços nem sempre honrosos, sujeitos como qualquer um ao medo. A última observação me surpreendeu mas não discuti; lera que as obras literárias se prestam a múltiplas interpretações não cabendo ao autor julgá-las. Concluiu por dizer que fora uma surpresa saber que me dedicava à literatura. Já tinha notado que minhas cartas de negócios eram escritas várias vezes mas pensava que fosse mero escrúpulo profissional. Era mais do que isso, evidentemente eu tinha muita formação. Confessei ser apenas bacharel em letras. Seu rostinho redondo pensou um pouco e disse que eu era o único homem que sempre a surpreendia. Retruquei que ficara igualmente surpreso com seu conhecimento da Academia. Com uma simplicidade que foi direta ao meu coração, explicou que o pai era porteiro do prédio. Nos dias de festa com banda de música, conseguia entradas para a família.

A tarde correu bem. Meu sócio e eu solucionamos negócios dificultados por uma lei demagógica sobre aluguéis que provocara uma perigosa retração de capitais. Voltei eufórico para casa e no jardim já ouvi as notas de uma valsa antiga tocada no Bechstein de cauda que oferecera a Ermengarda como presente de casamento, julgando erradamente que soubesse tocar. Entrei na sala e surpreendi a avó Av fazendo correr com desenvoltura pelas teclas os dedos de setenta anos que há um mês vira tolhidos pela artrite. Concluí que era injusto o descaso da medicina moderna pelas águas minerais e cumprimentei a velhinha. Meu entusiasmo pela sua saúde era sincero, há algumas semanas eu sentia umas dores suspeitas nas juntas das mãos. Ermengarda apareceu sorrindo e pediu em voz baixa que lhe confiasse a chave de meu apartamento a fim de que a criada pudesse arrumá-lo. A maneira que sublinhou minha posse não foi polêmica: reconhecera uma conquista. Guardara para mim um bom peito de peru e o jantar foi agradável. Subi logo ao meu apartamento onde reli o "Louvor", tomei o banho cancelado na pressa da manhã e ao me deitar, envolvido apenas pelo perfume da lavanda inglesa, me senti um general; cansado mas vitorioso. A posição conquistada com tanta facilidade, o êxito de meu "Louvor" e o bom encaminhamento dos negócios me deram uma confiança nova. Reli inúmeros livros de minha biblioteca militar e política e segui a lição de César e Napoleão retomada por Rommel e Patton, não me preocupando em solidificar o adquirido mas avançando para confundir os cálculos e dificultar as operações da inimiga. Como o alemão exigindo de Hitler mãos livres na África ou o americano se desvencilhando na Sicília dos embaraços criados por Eisenhower, resolvi ter o sexo desembaraçado, livre. Renunciei à ideia de filhos com Ermengarda e nunca cedi ao apelo acre de sua intimidade nas noites de insônia em que ouvia seu rumor de fantasma suplicante postado do outro lado da porta. Solucionado esse ponto, passei ao bloqueio. As portarias governamentais eram tão confusas que pude afirmar a Ermengarda que os bancos tinham cancelado as contas correntes conjuntas, e ou. Teria sua conta pessoal onde mensalmente seria depositado o necessário aos seus gastos mas a verdade é que logo no primeiro mês os restringi drasticamente com resultados imediatos. A bebida estrangeira servida na piscina foi substituída pela nacional, as boas garrafas armazenadas ficaram reservadas para as personalidades consulares. O estoque, porém, se esgotou e ao mesmo tempo reduzi a um só os numerosos criados a serviço exclusivo da piscina. Os cônsules dos Estados Unidos e da Inglaterra foram os primeiros que se eclipsaram, seguidos de perto pelos representantes do Paraguai, Equador e outras potências menores. O setor nacional esnobe acompanhou os estrangeiros na debandada mas permaneceu sólido o núcleo dos fiéis de Ermengarda, da Brahma e da Antarctica. Em suma, os ratos

54

mais exigentes abandonaram a piscina antes do naufrágio. Aquela gente nunca me agradou e a prova disso é que jamais pensei sequer em entabular qualquer negócio imobiliário naquele meio. Ermengarda tinha algumas relações distintas, altos funcionários públicos de boas famílias paulistas, mas esses não frequentavam a piscina.

Orientado pelos meus estudos militares e políticos, segui atentamente seu comportamento diante do golpe da conta bancária e com frequência a admirei. Eu era um bom garfo e sua primeira operação foi tornar os jantares extremamente frugais. Imaginei que se empanturrava e aos queridos velhinhos na hora do almoço e descobri que presidia a ceias clandestinas nos apartamentos dos agregados. Para isso ela podia contar com a fidelidade da criadagem, cujos salários aumentava constantemente. Minha situação era diversa. Sou uma pessoa fechada e dificilmente os subordinados apreciam minhas qualidades. Além do mais, tenho certeza de que sutilmente açulava a criadagem contra mim. Enquanto não decidia o partido a tomar fui comendo pouco à noite e as insônias que tinham me contagiado se dissiparam. Passei a comer mais nos agradáveis almoços com minha secretária e nunca me senti tão bem.

A investida seguinte de Ermengarda foi sentimental. Conhecendo minha simpatia pela avó artrítica, perguntou se devia cancelar a próxima cura de Av em Águas de São Pedro. Eu me preparara para enfrentar qualquer variante de ofensiva psicológica adversa e respondi pela negativa. Meu escritório faria todo o necessário, Av não iria mais para o Grande Hotel mas tinha lugar reservado na Pensão Nossa Senhora Aparecida. O passadio da pensão deixava a desejar, o que era uma vantagem, as pessoas idosas devem mesmo comer pouco. Aproveitei o silêncio de Ermengarda para ampliar minha nova tese. Depois de algumas reflexões teóricas, aludi habilmente aos almoços e ceias que acabariam arruinando a boa saúde dos velhos. Acuada, a neta de Vó e Vô e a filha de Pá e Má reagiu com inesperada violência. Momentaneamente ressurgiu a Ermengarda antiga, com uma dimensão nova de prole aflita defendendo os seus. Foi a última vez que me agrediu frontalmente. Eu estava muito enganado se pensava que Hermengarda não via tudo, gritou chorando. A putinha com quem almoçava diariamente não enganara Hermengarda com sua máscara de secretarinha bem-comportada e eficiente. "Sim, dona Hermengarda, pois não, dona Hermengarda, já foi providenciado, dona Hermengarda." *Hermengarda* pronunciada ao telefone pela secretária provocara tanta náusea em Ermengarda que ela resolveu nunca mais discar para mim.

A calúnia contra a secretária me afetou. Na véspera me perguntara se continuava escrevendo. Disse que não sem maiores comentários. Na realidade, todas as energias que sobravam dos negócios eu canalizava para a luta doméstica e leituras sobre estratégia e tática, na política ou na guerra. Seu interesse me encorajou a lhe confiar que tinha relido o "Louvor" introduzindo algumas modificações. Quis saber se já batera o manuscrito à máquina e se ofereceu para fazê-lo, pedindo licença para guardar uma cópia. Eu tinha algumas dúvidas, não sabia se devia considerar o texto acabado e me perguntava se uma versão definitiva não comportaria a ampliação da parte final, espécie de peroração à juventude feminina paulista que agora estava conhecendo melhor, graças a ela. Expus-lhe o problema. Sua honestidade foi total: não pensara no assunto, gostava do "Louvor" tal qual mas talvez eu tivesse razão. Afinal, era muito mais competente do que ela para julgar e decidir. Combinamos que eu retomaria o trabalho antes de lhe entregar as folhas para datilografar. Prometi que o faria logo, decidido a utilizar no escritório e em casa as pequenas folgas que o trabalho e a guerra me permitiam. A inocência total dessa jovem vilipendiada por

56

Ermengarda poderia ter provocado uma reação de minha parte, pois perdera o medo. Entretanto, minha cabeça habituara-se a funcionar friamente desde o início das hostilidades e só me interessei pela alusão aos almoços no clube. Era evidente que me espionava e logo descobri seu agente, um velho policial aposentado. Foi simples entrar na confidência do pobre homem. Por ter se recusado a bater em presos, ficara relegado a uma posição de inferioridade um tanto ridícula diante dos colegas, alguns dos quais adquiriram mais tarde tanto prestígio que chegaram a ter os nomes estampados na imprensa estrangeira. Acrescentava, com uma ponta de inveja, que judiar de rapazes e sobretudo de moças — era pai de meninas — incapazes de se defender era contra a sólida formação que a família lhe proporcionara com sacrifícios. Completara o ginásio no Liceu Nacional Rio Branco e aprendera Instrução Moral e Cívica com o Professor Lourenço Filho, à antiga maneira. Apesar de mal pago, preferia trabalhar por conta de cornos e mulheres ciumentas. Devo a esse funcionário pouco bafejado pela sorte a informação de que o feminino de corno não é usual.

Logo no segundo encontro o homenzinho se queixou da soma irrisória que recebia para me espionar. Encorajei-o a exigir mais, pois observara que, apesar das restrições, Ermengarda dispunha ainda de muito recurso. Pelos meus cálculos continuava gastando na casa e com os parentes uma soma bem superior aos depósitos bancários. Como em tempo de guerra até a Inglaterra censura a correspondência, foi sem escrúpulos que interceptei cartas e descobri que minha mulher continuava a receber a pensão que o ex-marido lhe assegurava, com a condição de nunca mais o procurar ou ao filho. Encarreguei nosso espião de verificar o montante, que era respeitável considerando o recesso felizmente passageiro que então se manifestava na prosperidade paulista. Quem não podia se queixar da crise era o espião: pago por mim e por Ermengarda, talvez igualmente pelo antigo marido, não precisava de outros clientes para viver folgadamente. De minha parte, não lhe dava trabalho pois não procurava saber muito a respeito de Ermengarda, confiando em meu instinto e na minha experiência teórica da guerra e da política. Utilizava-o principalmente para fornecer a ela informações bem dosadas a meu respeito, umas falsas, outras verdadeiras de acordo com a norma dessas operações. Antes de mais nada, desejava preservar a honorabilidade de minha secretária e a nosso respeito o informante devia dizer a verdade: que nossas relações eram exclusivamente profissionais apesar dos almoços diários. Deliberadamente, omiti a crescente intimidade literária que de resto não vinha ao caso. Ao mesmo tempo encarreguei-o de inventar e transmitir aventuras com mulheres imaginárias. Nunca tive motivos precisos de queixa contra nosso espião. Se dispensei seus serviços, foi para escapar ao dilema que tira o sono de eminentes funcionários dos mais importantes países do mundo: saber — em última análise — qual a parte mais favorecida pela atividade dos agentes duplos ou triplos. O que complica o problema é que os próprios agentes, quando exclusivamente mercenários, não estariam em condições de apontar a quem ajudam mais pois ignoram o verdadeiro alcance das informações obtidas. Um episódio com nosso espião ilustra bem esse aspecto do problema. Contou-me ele que um cliente — antigo corno agora desquitado — lhe encomendara a idade exata da ex-esposa. Alguma coisa me dizia que o cliente em questão devia ser o ex-marido de Ermengarda. O espião lembrava esse caso para ilustrar uma tese sobre a mesquinharia dos cornos, pois segundo ele, o objetivo do rancoroso cidadão seria apenas o de denunciar a idade verdadeira da antiga mulher nos círculos sociais que tinham frequentado. Essa conversa do velho policial veio a propósito do interesse de sua cliente em conhecer a idade exata da minha secretária.

Quanto a mim chamara-o naquele dia para averiguar se Ermengarda ainda tinha outras contas em banco à minha revelia. O bom homenzinho estava impressionado com o contraste entre a seriedade das minhas preocupações e a frivolidade dos interesses do provável ex-marido de Ermengarda e da própria dona Hermengarda, como dizia com respeito, aspirando o H, devidamente instruído por ela. Creio que nesse ponto se enganava. O motivo real da curiosidade do fulano era certamente verificar se a ex-mulher não falsificara a certidão de nascimento com que instruíra os papéis: uma eventual anulação do casamento poderia ser conseguida através dessa prova. Quanto à minha secretária, parecia uma adolescente, o que levava Ermengarda a alimentar a esperança de que fosse menor de idade. Como estava convencida de que éramos amantes é claro que planejava um escândalo comprometendo meu sobrenome fartamente conhecido na praça e quem sabe até envolvendo meu nome.

Nunca houve armistício entre nós. Porém à maneira das antigas guerras de trincheira, a nossa entrou num período de estabilidade que aproveitei para reler os clássicos da guerra e da política, além de me atualizar com as publicações do após-guerra. Ainda assim encontrava tempo para cuidar de minha própria literatura. O "Louvor à dama paulista" deu muito trabalho antes da versão definitiva que mostrei ao sócio e aos meus irmãos. O primeiro riu, desde a adolescência caçoava das minhas inclinações literárias, mas os queridos irmãos demonstraram a solidariedade de sempre. A secretária me encorajava a novos cometimentos. Em casa o ambiente era mais tranquilo. A piscina continuava animada mas os velhos abreviaram suas estadas. Gente de posses, tinham casas em Campinas, Jundiaí e nos arredores, presenteadas pela neta e filha desde o primeiro casamento, propriedades numerosas e valorizadíssimas segundo um relatório já antigo do espião. Dou esses pormenores apenas para esclarecer por que motivos aqueles velhos de excelente saúde, tirante o reumatismo de Av, deixaram de se sentir atraídos por uma casa confortável mas onde se comia cada vez menos.

O quadro se tornara tão rotineiro como naquelas fases da Primeira Guerra Mundial em que alemães e franceses se olhavam distraidamente a cinquenta metros de distância, cada qual em suas trincheiras sem dar um tiro. Chegava a dormir com a porta aberta, pois há anos Ermengarda desistira de qualquer investida nesse setor. Apesar da distraída atenção com que seguia os movimentos de minha mulher, um fato indiscutivelmente novo despertou minha curiosidade: Ermengarda escrevia. Não falo das cartas que agora sequer me dava ao trabalho de abrir no vapor da chaleira, falo de um grande caderno de capa roxa que levava constantemente pela casa, apertado contra o peito, bem seguro e protegido como se tivesse medo de que alguém o arrancasse à força. Na biblioteca, na sala de jantar, até na copa encontrei-a muitas vezes concentrada, a caneta na mão. Assim que me via, fechava depressa o caderno e saía com ele. Conforme a luminosidade, o roxo da capa adquiria uma tonalidade azul. Perguntei-lhe não sem ironia se era seu livro de despesas. Respondeu sem afetação que eram coisas que Hermengarda tinha a mania de fazer desde mocinha, uns rabiscos sem importância, espécie de diário, bobagens para passar o tempo. Estranhei que nunca o tivesse notado antes e ela pensou um pouco antes de responder. Falou num tom brando e com uma ordem de ideias de que não a julgava capaz. Primeiro, eu não prestava muita atenção ao que ela fazia. Segundo, aquele caderno era maior do que os utilizados habitualmente. A Casa Rosenhain não entendera a encomenda e mandara aquele. Achava-o pouco cômodo mas gostava do roxo da capa. Terceiro, Hermengarda escrevia agora muito mais do que antigamente. Isso a ajudava a pensar. Achei justa a observação que correspondia à minha própria experiência com o "Louvor". Fazia muito tempo que eu não conversava com ela, pois não chamo de conversa as trocas de palavras rotineiras entre marido e mulher. Ouvindo o que disse sobre o caderno tive o agradável sentimento de ser minha esposa uma estranha, mas não aprofundei a impressão. Uma tarde, ao chegar em casa, encontrei o caderno estatelado na mesa, a página inteira escrita na sua letra redonda e volumosa. Da saleta, vinha sua voz falando ao telefone. Baixei os olhos para o caderno, distraidamente, mas o que li ao acaso aguçou minha curiosidade. Ao mesmo tempo que procurava compreender alguma coisa, era obrigado a seguir o desenrolar da conversa telefônica, para prever o instante em que desligaria para não ser pilhado em flagrante de indiscrição, tão contrária à ideia que tenho de elegância no comportamento. Marcava hora com o nosso dentista mas como se tratava de um familiar da piscina a conversa se prolongou. Pude percorrer as duas folhas e subir diretamente ao meu apartamento como se tivesse acabado de chegar. Apesar das condições desfavoráveis a leitura me interessou muito. Deu para entender que Ermengarda se sentia atraída por alguns homens que frequentavam a piscina. Vislumbrando uma saída para a situação difícil que estudara tantas vezes sem encontrar solução, minha imaginação pôs-se a trabalhar. Tratava-se do clássico problema de uma guerra prolongada durante a qual o vencedor potencial revela-se incapaz de obter uma vitória decisiva. Não conseguia vislumbrar como chegaria à capitulação de Ermengarda porque nessa altura os livros em que estudava os precedentes históricos não me ajudavam em nada. O sítio doméstico reduzindo-a à fome e à fuga para Jundiaí ou Campinas não tinha mais sentido diante da subvenção do ex-marido. Se Ermengarda se dispusesse a gastar dinheiro seu, a casa e a piscina poderiam voltar à fase gloriosa por tempo indeterminado. Expulsá-la *manu militari* era contra minha formação, meus sentimentos, meus princípios e meu estilo. Um gesto elegante seria deixar-lhe a casa e me afastar, pensei muitas vezes em fazer isso mas sempre recuei: diante da crise que nosso escritório temia e que de um momento para o outro poderia desabar sobre a praça, a casa representava um investimento considerável, valorizada pela ala moderna onde ficava o apartamento que tanto me convinha. Num caso extremo, poderia ser transformada num pequeno hotel de altíssimo nível, do gênero londrino que fazia falta em nossa cidade. Entregar essa fortaleza seria uma falsa vitória: não podia pagar tal preço pela paz. O que mais esperar, a morte de Ermengarda? Era uma hipótese excluída pela mais ligeira reflexão. A longevidade da família desfilara diante de mim anos a fio, o desfile ainda prosseguia e provavelmente não existia mais em todo o Estado uma mula dotada de coice mortal. Os perigos da cidade? Ermengarda era cuidadosa e naquela época raros os atropelamentos fatais.

Ainda não me ocorrera que Ermengarda fosse capaz de amar alguém que não tivesse contribuído de forma direta ao seu nascimento. Pois estava aí a solução: ela amaria, partiria e perderia a casa, a mim e a guerra. Eram três os admiradores que a sensibilizavam, cujos nomes, ou melhor, cujas abreviaturas estavam registradas no caderno roxo: Alf, Dec e Cincin. Custo a memorizar abreviaturas ou siglas, acho-as mais complicadas do que os nomes inteiros e a nomenclatura da piscina sempre me desnorteou. Quais seriam as caras e os corpos seminus que se escondiam atrás daquelas letras? Dec e Cincin não me diziam nada. Alf talvez fosse o americano grandalhão e alegre, o único do consulado que não acompanhara os colegas na deserção. Diziam que era um agente secreto, encarregado do controle de personalidades paulistas a começar do governador. Absurdo imaginar que viesse à nossa casa para vigiar Ermengarda ou a mim. Meus entusiasmos integralistas da juventude tinham se dissipado em benefício de sentimentos puramente paulistas, menos espetaculares mas sólidos. Vai ver o homem gostava da minha mulher. Na manhã seguinte passei horas na piscina. As decepções foram se acumulando: o americano se chamava Robert, Rob, Alf era apenas o Alfredinho e Dec, o Pradinho cujo prenome não sabia que era Décio. Afilhados de Ermengarda. Não negava que fossem moços atraentes mas era evidente que não tinham condições para levar minha mulher a abandonar o lar, o que era essencial. A legislação protetora da concubina, uma das iniciativas imorais de Getúlio Vargas, exigia a coabitação contínua. No momento em que Ermengarda saísse de casa para acompanhar outro homem, perderia qualquer direito a compensações ou herança, mesmo que voltasse arrependida no dia seguinte e o concubino, por piedade, a recebesse. O importante era testemunhar e registrar tudo. Os garotões decididamente não serviam. Nenhum juiz os levaria a sério, a não ser que entrassem em sua casa para conquistar-lhe a mulher, as filhas ou a empregada. Restava Cincin. Foi essa a maior surpresa: era o doutor Cincinato, nosso dentista, avarento sórdido, mas competente como profissional. Ganhava rios de dinheiro no consultório instalado na própria mansarda em que vivia, em plena rua São Bento perto da praça do Patriarca. Não tinha sequer uma enfermeira para prender o guardanapo no pescoço dos clientes. Apesar da sua despreocupação com água, eu tinha dificuldade em imaginar Ermengarda instalada naquele covil. Ainda assim, dissolvida a ilusão americana, dos três era sem dúvida o mais plausível. Para surpresa de minha mulher convidei o dentista para jantar. Seu espanto aumentou quando me viu chegar mais cedo, trazendo reforços de comida em embrulhos da Casa Godinho. Cincinato já tinha chegado, o que me pareceu bom augúrio. O jantar correu bem, embora ele me parecesse inquieto e constrangido, o que era natural. Quanto à frieza de Ermengarda com nosso hóspede, só podia ser dissimulação. A pretexto de terminar um trabalho urgente, depois do café pedi licença para me ausentar alguns minutos. Deixei-os à vontade e fui para a biblioteca. Reli o "Louvor". Achei que poderia fazer ainda algumas modificações, coisa pequena como a substituição do adjetivo *vermelho* por *encarnado* e uma pontuação diferente na frase final, ao invés de ; , : . Consultaria a secretária no dia seguinte. Quando desci, três quartos de hora mais tarde, Cincinato tinha ido embora e Ermengarda escrevia. Fiquei por lá sondando na esperança de observar algo novo mas foi inútil. Ermengarda escreveu até tarde sem se importar com a minha presença, o que nunca acontecera antes. De vez em quando acertava a posição do caderno, levantando-o insensivelmente e o roxo da capa enfocada pela luminosidade do lustre adquiria a curiosa tonalidade azul. Só parou de escrever para comentar que finalmente tinha encontrado o que fazer nas noites de insônia. Fui dormir convencido de que para assegurar a eficácia das próximas operações era indispensável ler o caderno roxo. No dia seguinte, Ermengarda queixou-se dos dentes e do doutor Cincinato. Não modernizava o consultório e o tratamento era dolorido. Ouvi desolado a notícia de que iria arranjar outro dentista. Era cada vez mais urgente ler o que ela escrevia, e foi espontaneamente que a ocasião se apresentou. Uma tarde não encontrei Ermengarda na sala onde habitualmente me esperava. Deixei passar algum tempo, subi ao seu quarto na surda expectativa de encontrá-la doente, pois de manhã notara que estava um pouco pálida. Bati. Como ninguém respondesse, abri a porta e a primeira coisa que vi foi o caderno na mesa de toalete, a roxidão alterada por uns restos de pó de arroz. Temendo uma cilada, fechei a porta e chamei-a em voz alta. O mordomo apareceu para informar que a patroa seguira para Jundiaí a fim de visitar o pai que estava gripado, só voltaria no dia seguinte.

Fora na Chrysler. Se eu precisasse da Buick, as chaves estavam em seu quarto, na gavetinha da toalete.

Passei a noite lendo e relendo o caderno roxo. Literariamente, era medíocre, com erros até de concordância, vocabulário pobre e cacófatos elementares. Mas nunca uma leitura me impressionou tanto apesar de ter na mocidade frequentado os melhores autores portugueses e alguns franceses no original. As memórias de generais e políticos não contam pois não se trata de literatura. O sentimento de que Hermengarda fosse outra pessoa se impôs de novo durante toda a leitura e impregnou minhas longas meditações. Escrevendo na terceira pessoa e grafando continuamente o nome com o H volumoso, ela não permitia que eu esquecesse a Ermengarda da minha experiência pessoal imediata mas, tirante esse cacoete afinal de contas inocente, eu a reconhecia muito pouco. Os locais, as pessoas, as situações, eu próprio, embora meus arquiconhecidos, adquiriam no caderno roxo uma significação inédita. As narrativas, algumas longas e pormenorizadas, estavam muito longe dos rabiscos e notas aos quais modestamente se referira na ocasião em que me falou dos seus escritos. Tratava-se de um verdadeiro diário íntimo, vivido e sofrido, literariamente inábil e por isso mesmo autêntico e cheio de emoção. A primeira suspeita que a leitura provocou em mim foi a de que Hermengarda me amava. A cisma apontou nas últimas páginas por onde comecei e que se referiam a Cincin, Alf e Dec. Os dois rapazelhos lhe fizeram uma corte cerrada à qual correspondeu com maternal condescendência, evitando humilhá-los ao mesmo tempo que se confessava lisonjeada. Com candura e tato conduziu de tal modo a situação que os jovens acabaram achando graça no absurdo das suas pretensões, fazendo dela a confidente de suas primeiras frustrações sentimentais. Com Cincin as coisas não foram tão simples. Era homem maduro e azedo procurando no limiar da velhice alguma compensação exaltante para uma vida sem acontecimentos, passada no convívio de clientes com a boca escancarada ou no isolamento de uma acomodação mesquinha. As manhãs na piscina, os sorrisos, cujos dentes não tinha obrigação de examinar, abriram-lhe novas perspectivas nas quais sonhou envolver minha mulher. Paciente e compreensiva, Hermengarda chegou a dar alguns passos que mal compreendidos poderiam comprometê-la. O doutor Cincinato estava de fato perdendo a cabeça. Nos dias em que ela marcava consulta, ele cancelava todos os compromissos posteriores sem se importar, o que era estranho, com a deserção dos clientes que achavam abusivo o renovado adiamento. Minha esposa concordava em passar da cadeira dotada de uma escarradeira modelo antigo para uma poltrona puída da sala de estar onde ouvia, com um copo de refrigerante na mão, as infindáveis declarações de amor de Cincin. Procurava acalmá-lo com doçura e paciência. Contudo, não foi possível alcançar um *modus vivendi* semelhante ao que enriquecera a vida dos dois rapazes. O dentista ficou exigente e Hermengarda viu-se constrangida a renunciar a essa amizade, achando inclusive que deveria tê-lo feito antes. Entre os motivos que enumera para justificar sua imprudência, houve um que me tocou de perto: apesar de estar escrevendo apenas para si própria, é ruborizada que se acusa de infantilidade ao imaginar que o prolongamento de sua amizade com Cincin poderia, quem sabe, provocar a minha estranheza, fazendo renascer meu cuidado para com ela. Transmito seu pensamento com os termos que seu pudor selecionou mas me parece claro que no lugar de *estranheza* devia constar *ciúme* e ao invés de *cuidado* devia ser lido *amor*. O conjunto do caderno roxo não só confirmava essas primeiras impressões como constituía uma impressionante prova, apesar da forma indireta e discreta de dizer muita coisa, que o amor de Hermengarda por mim não só existira mas estava intacto. Eu me explico mal. Não era só a Hermengarda do jornal íntimo que emergia como outra mulher: eu também me lia como outro homem. Descrevia-me com respeito, só utilizando o sobrenome habitual que todo mundo conhece na Imobiliária, no clube e na praça. Foi necessário essa leitura para perceber que há muito Hermengarda não me chamava mais de Poly. Esclarecia-se assim a despreocupação com que a partir de um tempo difícil de situar eu circulava pela piscina longe das cordas vocais de Ermengarda. Sentira na ocasião esse estado de conforto íntimo mas interpretei-o em termos de consciência e afirmação de personalidade. Na realidade, eu o devia a Hermengarda. Esse e outros exemplos dos alçapões que nos são armados pela subjetividade, todos sugeridos pelo diário, me causaram uma profunda impressão. Outro caso por ela relatado e a reflexão que me provocou atestam a importância dessas revelações para um melhor conhecimento da inadequação dos sentidos ao conhecimento das realidades mais corriqueiras. Depois que passou a dormir só, as insônias de Hermengarda recrudesceram. Um doutor aconselhou que tomasse à noite, antes de deitar, um banho morno de imersão e se ensaboasse com sabonete à base de eucalipto. A experiência dera excelentes resultados e Hermengarda não mais deixou o sabonete e os banhos. Curioso é que no correr desses mesmos anos duas vezes por dia me sentava à mesa com Hermengarda, no café da manhã e na hora do jantar, nos aniversários abraçávamos-nos. Pois bem, durante todo esse tempo nunca deixei de sentir o antigo odor característico que forçosamente desaparecera. Nas manhãs de verão com as janelas escancaradas aspirava às vezes um agradável perfume de eucalipto que atribuía às árvores do quintal, onde aliás não havia nenhum. Quer dizer que tinha na minha frente uma Hermengarda real que não percebia, não via, nem cheirava porque a substituíra por outra que cultivava na minha imaginação. Ao lado disso, minha própria personalidade refeita através da leitura do caderno roxo, se coincidia bastante com a que procurava impor aos outros, nada tinha a ver com a que existia dentro de mim. Já falei no respeito com que me abordava em seus escritos. As evocações de nossas brigas eram entremeadas de duras críticas que fazia a si própria pela inabilidade e falta de tato na maneira de se exprimir, abandonando-se aos exageros polêmicos contrapunha aos seus excessos verbais o meu silêncio que interpretava como um esforço de compreensão e acomodamento, comentando-o longamente com elogios. De seu caderno eu surgia de alma pura, incapaz de desconfiança ou mentira, ao mesmo tempo orgulhoso e nobre. Nessas passagens senti a face afogueada pela vergonha: os elogios punham a nu, de maneira insuportável, tudo o que de sonso, calculista e cruel podia existir em mim.

Comoveram-me particularmente as diferentes passagens em que Hermengarda voltou ao episódio da leitura do "Louvor à dama paulista". Vê-se que teve dificuldade em retraçar o acontecimento e a prova disso é que várias vezes abandona o esboço como se as lembranças lhe fossem por demais dolorosas. Ao percorrer o diário pela primeira vez eu naturalmente julguei que o sofrimento de minha mulher era devido à briga provocada pela minha insistência em ler para ela o "Louvor". Contudo, logo ficou claro que Hermengarda não guardava a menor lembrança do momento exato do incidente. Não estabelecia nenhum vínculo entre sua reação e o meu comportamento posterior, a começar pela minha saída do apartamento que nos era comum. A falta de sentimento temporal era frequente no texto que encadeava descrições e comentários de fatos entre os quais havia às vezes anos de intervalo. Eram os episódios em si que aferroavam sua memória, completamente desligados de um contexto mais amplo. Depreendia-se que estava convencida de que eu não dera a menor importância ao capítulo do "Louvor". Quando conseguiu enfim narrá-lo de maneira contínua, o fez com uma fluência e uma qualidade de emoção que não se repetiu em nenhuma outra página. O início de meu "Louvor" a impressionara vivamente. Embora se confessando ignorante, reconhecia estar descobrindo em mim uma dimensão nova. Para melhor clareza, lembro que a introdução de minha pequena obra é bastante geral, só começando a aparecer exemplos tirados da história no segundo parágrafo. Hermengarda seguia fascinada minha leitura até o momento em que percebeu que o eixo principal do trabalho era o papel da mulher paulista em 32. Nesse ponto, uma onda de lembranças atrozes a invadiu e ela não sabe mais o que disse ou fez. De tudo, ficou-lhe bem nítido um sentimento de reação violenta contra pessoas que a injustiçaram e humilharam na infância.

Hermengarda conta admiravelmente bem a dolorida lembrança da meninice em Campinas. Foi durante a Revolução Constitucionalista. Políticos e militares importantes tinham ido às escolas campineiras fazer discursos e lançar a campanha do ouro para a vitória. Até as crianças foram mobilizadas para recolher de casa em casa moedas e alianças a fim de que São Paulo pudesse pagar os aviões e canhões que deveriam assegurar a invencibilidade das nossas tropas. Hermengarda foi especialmente — maliciosamente — encarregada pela professora de visitar um velho telegrafista italiano, seu vizinho. O neto era seu companheiro preferido nos brinquedos da calçada com as outras crianças do bairro. Os adultos os chamavam de *namoradinhos*. O velho recebeu a menina afetuosamente e riu muito quando ouviu o pedido. Dirigindo-se a um seu amigo presente, disse que era tarde demais, São Paulo já estava frito e *enfarinato*. O que as professoras deviam fazer era obrigar as crianças a estudar ao invés de encherem suas cabecinhas ocas com bobagens de políticos e militares delirantes com suas revoluções absurdas, condenadas ao fracasso. Hermengarda achou esquisita a opinião do avô de seu amiguinho mas desempenhou conscienciosamente sua missão. Na escola, seu relatório era o mais esperado e começou a falar no silêncio de uma sala apinhada. A notícia de que o velho recusara trocar as alianças de viúvo pelas patrióticas argolinhas de zinco foi recebida por um murmúrio desaprovador que se transformou em alarido indignado quando ela, na mais total inocência, transmitiu o recado de que São Paulo estava frito e *enfarinato*. Sentiu a pobre menina que as vaias eram também para ela, mas não entendia por quê. Severa, perguntou-lhe a professora o que pretendia fazer de agora em diante, mas a pequenina Hermengarda ficou muda, sem entender. A intrépida mestra voltou à carga, queria saber se a menina voltaria a pôr os pés na casa do telegrafista. Procurando atenuar o clima de hostilidade, Hermengarda afirmou que faria o que a professora mandasse. Esta riu sem simpatia e insistiu, queria saber se a menina pretendia ainda continuar brincando com seu "namoradinho". Houve um rumor na sala como se a vaia estivesse prestes a recomeçar. A pequenina acusada teve vontade de chorar diante da inesperada pergunta e foi sufocando os soluços que respondeu afirmativamente, vermelha como uma romã. A vaia foi terrível mas a diretora impôs silêncio e a professora pôde fazer um exaltado discurso de acusação contra toda a família do velho telegrafista. Eram ditatoriais conhecidos, nomeados para polpudos empregos pelo interventor da Ditadura em São Paulo, o Coronel Manuel Rabelo, "o amigo dos mendigos", frisou sarcasticamente. Esses "mendigos" eram flagelados nortistas ou estrangeiros que o grande coração da família paulista recebera. E agora cuspiam no prato estendido como esmola o escarro da traição, aboletados em postos de responsabilidade, um na coletoria, outro na prefeitura, um terceiro na portaria do Paço Municipal sem falar no irmão mais velho que fazia café na polícia, o que explicava a impunidade de todos. O pior era

70

o telegrafista que, além de estrangeiro, ditatorial e anarquista, passava as noites ouvindo o rádio do Rio de Janeiro e os dias espalhando pela cidade os boatos do inimigo.

A *Sentinela Campineira* divulgou com destaque a assembleia da escola, transcrevendo as principais passagens dos discursos, inclusive as palavras da menina com a informação de que São Paulo estava *frito*. A família de minha futura esposa guardou o número desse jornal que Hermengarda, já mocinha, muitas vezes releu chorando. O único pormenor que o repórter omitia foi a última resposta de Hermengarda ao encerrar-se a reunião. Pressionada pela diretora a dizer lealmente diante de todos o que faria de agora em diante, a menina, exausta, limitou-se a declarar que pretendia sim continuar brincando com o menino. As colegas deram-lhe as costas e no dia seguinte a professora pediu aos pais que a tirassem da escola. Apesar de assustados com a prisão do velho telegrafista e do cafeteiro da polícia, os pais de Hermengarda permitiram que as crianças continuassem a se ver, mas no quintal para não sofrerem vexames por parte das velhotas mais exaltadas que caçavam vítimas para atormentar. Já em meados de setembro, as crianças puderam voltar a jogar amarelinha na calçada: a Força Pública Mineira se aproximava de Campinas e as velhotas estavam nas igrejas implorando a paz a qualquer preço.

O capítulo da infância campineira ocupava boa parte do caderno com lembranças ricas de pormenores indicando a vulnerabilidade de sua pequena alma. Aquilo ficou dentro dela e talvez se apagasse, não fora o incidente tão desagradável durante seu primeiro casamento. As cunhadas, sócias ativas da Associação Paulista de Ação Feminina, APAF, destinada a defender a sociedade contra a dissolução das tradições, estranharam que ela não fosse sócia contribuinte da Associação. Chegaram a perguntar, numa alusão às suas raízes pernambucanas e gaúchas, se ainda não se sentia suficientemente *paulista* apesar de nascida em Jundiaí. Para contentá-las, Hermengarda preencheu os formulários: nascimento em Jundiaí, estudos em Campinas, casamento em São Paulo e um filho ainda bebê. O assunto ficou esquecido até o dia em que uma das cunhadas lhe comunicou com os olhos brilhantes e duros que seu pedido de inscrição fora recusado. Perplexa, Hermengarda apelou em vão para as irmãs do marido que se escusaram polidamente: só sabiam da rejeição do pedido, só isso. Numa última tentativa, dirigiu-se à sede da APAF. A Presidente não encontrou tempo para recebê-la mas um estudante de Direito, secretário da Associação, explicou-lhe educadamente que os papéis da APAF eram estritamente confidenciais, nada podia fazer infelizmente. Felizmente pôde: Hermengarda subornou-o e conseguiu cópia da volumosa pasta com seu nome. Consistia, a maior parte, de informações fornecidas pela Seção Campineira da APAF. Lendo o nome da Presidente da filial, tudo se esclareceu num relance. Tratava-se de uma desafeta da família, cuja inimizade, muito anterior ao nascimento de Hermengarda, começou no dia em que a megera publicamente acusara Av de ser amante de seu marido, um bonito moço jogador e boêmio mas bom. Sem se importar com a péssima opinião que a sociedade fazia dele, Av tentou ajudá-lo apresentando-o ao Padre Crispim: nasceu daí a calúnia da mulher, pessoa de muita feiura que jamais se casaria com um neto de barões, não fora o dinheiro. Lendo o nome da informante que remetia para a sede de São Paulo os "dados completos, objetivos e imparciais sobre a interessada", Hermengarda se espantou de que a mulherzinha estivesse viva pois era ainda mais velha do que Av.

O que mais a indignou foi verificar que a Seção Campineira da APAF aumentara consideravelmente sua idade a fim de tornar verossimilhante a calúnia. Apresentavam-na em 32 como uma adolescente, praticamente uma mulher que se recusara a servir

72

como enfermeira, sabotara a Campanha do Ouro e zombava do esforço de guerra. Vivia escondida nos bosques com um jovem telegrafista, provavelmente seu amante, preso devido à manifesta simpatia pela Ditadura. O relatório acompanhava a vida de Hermengarda até sua mudança para São Paulo mas, além de outras alusões reticentes a namoros, não acrescentava mais nada. Concluía com uma informação global sobre a família estabelecida em Campinas há três gerações. Contudo, seus membros não eram de cepa campineira, sequer paulista. Os homens eram considerados trabalhadores e as mulheres boas donas de casa, mas entre as mais velhas já havia as que não primavam pelo decoro. A alfinetada contra Av antecedia a assinatura enorme da Presidente. Ela leu tudo, magoou-se muito mas desprezou a infâmia que teria tão graves consequências para sua saúde. Ficou para sempre traumatizada pela simples associação de ideias entre mulher paulista e Revolução de 32. Quando essa relação ocorria — cada vez mais rara com o indiscutível progresso do Brasil — caía numa morbidez delirante que preocupava os médicos. A atitude da APAF teve, contudo, resultados mais imediatos na sua vida. As cunhadas se afastaram. O marido, irmão extremoso, aos poucos deixou-se envenenar: o desquite foi a solução. Hermengarda faz questão de frisar que esse foi um dos passos mais acertados que deu em sua vida repleta de contratempos e sofrimentos.

Aparecia em seguida no caderno roxo uma frase nebulosa, retomada e retocada várias vezes, na qual Hermengarda parecia confessar que aceitava o sacrifício do filho tendo em vista aquilo que o destino em troca lhe reservara. Reli esses trechos antes de aceitar a emocionante hipótese de que *aquilo* talvez fosse eu. O caderno roxo foi durante toda a noite uma fonte inesgotável de revelações, particularmente depois de relido muitas vezes. Adquiriu, por exemplo, uma significação crucial uma passagem à qual só prestei a devida atenção na quarta ou quinta vez que me detive nela: refiro-me à equidade com que Hermengarda se manifesta sobre a devoção do marido pelas irmãs apesar desse sentimento ter sido o responsável por uma crise tão grave em sua vida. Isso lançou uma luz esclarecedora sobre seu comportamento em relação aos meus irmãos quando os afastou de nossa casa. Inconscientemente ela via no amor fraterno um verdadeiro perigo, dessa vez incomparavelmente mais grave do que por ocasião de seu primeiro casamento. Na deslealdade do meu sócio o caderno não tocava e nem era preciso. No momento em que caíam as vendas de meus olhos eu enxergava tudo. Precisava ele ouvir a leitura do "Louvor à dama paulista" com um ar sardônico e depois não dizer uma só palavra? Eu próprio nunca dei importância àquele meu primeiro trabalho e teria sido muito mais leal se ao invés de ficar rindo de mim, tivesse dito com franqueza o que pensava, como faria um verdadeiro amigo.

Todas as prevenções que eu tinha contra Hermengarda devido à completa distorção da realidade em que me perdera, foram pulverizadas pelo caderno roxo, mesmo aquelas que parecendo mais evidentes, eram as mais enganosas. A necessidade de falar e ouvir continuamente o próprio nome, que atribuí ao narcisismo, enraizava-se na realidade à dificuldade infantil de se comunicar com o mundo e consigo mesma. O diário está repleto dessas frescas evocações pueris. Já crescidinha era incapaz de dizer corretamente o próprio nome. Para enfrentar esse delicado problema os pais, aconselhados por uma psicóloga da Faculdade, sugeriram que as pessoas em redor a chamassem sempre pelo nome, exigindo que a menina também o fizesse quando falasse de si. Graças a essa técnica a evolução mental foi harmoniosa até a idade adulta, assegurando de tal maneira o equilíbrio psíquico que Hermengarda não pôde mais dispensar esse apoio que se transformara num alicerce de sua personalidade. Seguindo de perto

74

o caso a psicóloga aconselhou que não se tocasse nessa estrutura verbal que refletia e resolvia a séria problemática da autoidentificação, uma das maiores dificuldades que a psicanálise enfrenta. Ainda dentro desse contexto mas no terreno da memorização e armazenamento dos nomes alheios, Hermengarda também teve problemas. Para esses ela encontrou, sozinha, uma solução pessoal: as abreviaturas de sua exclusiva invenção. É deliciosamente pitoresca a maneira pela qual os outros tomaram conhecimento das invenções da menina. Tinha entrado na escola. Em aritmética sua inteligência se abrira mas não progredia em geografia e história. Inesperadamente, ficou sendo a primeira da classe também nessas matérias. Mas os pais se inquietavam porque ao invés de preparar as lições na escrivaninha branca que ganhara, ela passava horas no quintal com um papel na mão, recitando palavras estranhas como Amacapima, Parcabel, Pedalca, Dudecax, Flopeixo... Até que descobriram, radiantes, a significação que esses nomes encobriam: Amazonas capital Manaus, Pará capital Belém, Pedro Álvares Cabral, Duque de Caxias, Floriano Peixoto e etc.

A alegria que me causara o caderno roxo foi empanada pelas últimas páginas que despertaram em mim um súbito sentimento de apreensão: Hermengarda voltava a falar nas insônias, os banhos noturnos com sabonete de eucalipto já não faziam efeito. A falta de sono era devido à angústia, não dormia porque sofria e o motivo do sofrimento era eu. Num desesperado esforço para dormir e esquecer, estava tomando — apesar das severas advertências do médico — doses cada vez mais fortes de soporíferos. Mesmo assim só atingia um torpor ritmado, assaltada pelo medo de morrer com o remorso de não ter sido no curto prazo de quinze anos — curto em termos da eternidade dos seus sentimentos — a mulher que eu merecia. Perguntava melancólica se já não era tarde demais e se a melhor solução não seria justamente a morte que teria pelo menos o mérito de me deixar livre para — quem sabe? — refazer minha vida, o que desejava ardentemente. Se bem que uma voz vinda das suas entranhas mais profundas dizia ser Hermengarda a mulher e companheira que o destino escolhera para mim. Se tudo se desmantelara, era culpa máxima dela própria, Hermengarda.

As últimas linhas do caderno roxo falavam da partida iminente para Jundiaí, de onde acabara de receber notícias. Aproveitaria a visita ao pai enfermo para pedir uma inspiração ao Deus de sua infância no quadro amável da cidade que fora seu berço. Dependendo do que sentisse, ao voltar tomaria uma decisão. Não houve uma só vez durante toda a noite que eu não terminasse a leitura do diário com os olhos marejados, mas agora de manhãzinha, arrasado pela emoção e cansaço era soluçando que eu desejava que Hermengarda voltasse naquele instante para encontrar para sempre o companheiro inseparável e insuperável de sua vida e insônias.

A exaltação de que estava possuído excluía a ideia de repouso. Vencendo a fadiga, com uma energia nova e jovem, resolvi começar imediatamente o primeiro dia da nova era. Retomando simbolicamente a vida em comum, foi no apartamento de Hermengarda que tomei banho, ora esfregando vigorosamente os músculos com sabonete de eucalipto, ora acariciando longamente a intimidade afogada em espuma. Apesar de tão cedo, tentei inutilmente falar com Jundiaí. Calculando que da Imobiliária seria mais fácil, saí em jejum na hora em que os criados acordavam. Recomendei ao mordomo para ninguém entrar no quarto da senhora. Examinei mais uma vez o caderno para verificar se o manuseio da noite inteira não lhe deixara marcas, coloquei-o de volta no mesmo lugar e embranqueci com uma tênue camada de pó de arroz as bordas do alto: tremia com a ideia de ofender-lhe o pudor se descobrisse minha indiscrição e visse violados seus segredos.

Passei a manhã inteira ocupando a telefonista do escritório. As linhas para Jundiaí estavam sempre ocupadas ou interrompidas de acordo com a palavra que ocorresse no momento às encarregadas. Não tratei de nenhum negócio e impedi meu sócio de o fazer pois não lhe dei a menor *chance* de utilizar as linhas. De manhã não recebíamos clientes e o coração do escritório era o telefone. Lá pelas onze horas o sócio impacientou-se e veio falar comigo. Minha resposta deve tê-lo feito compreender finalmente que a maior parte da Imobiliária me pertencia e que o verdadeiro patrão era eu. Não encontrei tempo nem vontade para receber os irmãos que chegaram pontualmente para a rotineira visita das segundas e quintas e não tomei conhecimento da secretária que passou a manhã esperando que a chamasse. Naquele dia não precisava dela para nada e me aborreceu vê-la chegar ao clube quando iniciava maquinalmente o almoço, absorto nos meus pensamentos. Numa ocasião oportuna chamaria sua atenção sobre a inconveniência de sentar-se à mesa com o patrão sem ser convidada. Achou-me preocupado. Achei-a indiscreta. Decididamente aquela moça não conhecia mais o seu lugar. Comeu algumas garfadas em silêncio até que se lembrou de fazer uma observação qualquer a respeito do "Louvor à dama paulista" que relera na véspera. Não a deixei terminar. Fiquei impaciente com sua insistência em interromper meus pensamentos e adiantei-lhe que considerava o "Louvor" algo ultrapassado, ou nem isso, pois essa ideia implica a de que a coisa tivera em algum tempo uma significação. Não era o caso. Tratava-se de um simples exercício inconsequente e mesmo no caso de oferecer algum interesse nesse terreno delimitado, nenhuma outra pessoa — além de mim mesmo — estaria em condição de reconhecê-lo. Interrompi com um gesto o movimento desaprovador que esboçou e prossegui. Quanto ao conteúdo, sem a menor importância nesse gênero de exercício, nem era bom falar. Calei-me e enquanto observava de viés os olhos atônitos da moça nos quais pressenti um caráter dissimulado, constatei com satisfação que tinham se cristalizado em mim algumas ideias a respeito do "Louvor". Retomei a palavra para dizer que na verdade aquele escrito saíra a tal ponto das minhas preocupações que até esquecera de lhe pedir a devolução da cópia. E sem interrupção mandei-a de volta ao escritório para ir adiantando a correspondência. Apanhou rápida a pasta, tinha as cartas com ela. Indiquei com secura que o local apropriado para o trabalho era o escritório. Finalmente só, chamei o *maître* e pedi que providenciasse uma ligação para Jundiaí. Foi inútil. Quando voltei para a Imobiliária encontrei a sala de espera apinhada mas dentro o trabalho fora substituído por uma expectativa que se estampava em todas as fisionomias. Perguntei pelo sócio: saíra e não pretendia voltar. Achei melhor assim. Mandei dizer aos clientes que viessem outro dia, dispensei todo mundo, menos a telefonista e passamos a tarde tentando Jundiaí. Desisti. Naquela altura certamente Hermengarda já estaria voltando. Fui esperá-la. O casarão do Alto de Pinheiros era um oásis tranquilo depois da agitação do escritório. Uma decepção me aguardava: Hermengarda telefonara de Campinas. Prolongara a viagem para dar um beijo em Av, perguntava se eu estava bem e avisou que voltaria sem falta no dia seguinte.

Minha primeira reação foi de desespero. Av não tinha telefone. No telégrafo, nem pensar. E como telegrafar se ignorava o endereço? Nem sabia seu sobrenome, nem sequer o nome. Av era abreviatura do quê? De avó, é claro, lembrei aliviado. Vivera um instante de pânico, com a realidade de Av se dissolvendo, Hermengarda ao lado ameaçada de seguir-lhe a esteira e eu incapaz de encontrar apoio para confirmar a realidade de Av a não ser a poeira de som produzida pelas duas letras. Remontei depressa a corrente para não voltar a correr riscos. Av é a avó, avó de Hermengarda, avó materna, mãe da mãe dela, o marido era um moço bonito que jogava, não, esse era outro, o marido era um rapaz muito trabalhador que morreu na flor da idade, coitado, com um coice de mula, Hermengarda nunca... não, que bobagem, Av nunca o esqueceu, ela mora em Campinas, conheço muito bem, é uma velhinha que sofre de artrite, faz curas em Águas de São Pedro, toca piano, eu gosto demais de Av. Resolvida a pequena crise de aflição, senti uma grande paz. Hermengarda perguntara por mim e chegaria amanhã. Subi ao seu quarto onde tudo estava como eu deixara. Precisei de energia para não abrir de novo o caderno roxo. Receava não ter forças para largá-lo durante mais uma noite e queria estar disposto e repousado para Hermengarda no dia seguinte. Não iria sequer à Imobiliária. Ela não dissera a que horas chegaria. Que importa, ficaria à espera nem que fosse o dia inteiro, de pé no portão. Segundos antes de dormir tive uma breve alucinação auditiva que me fez reabrir os olhos e sorrir: solta no ar, a voz de Hermengarda murmurava Poly, Poly.

Dormi dez horas e acordei manhã alta, sobressaltado com batidas na porta. Era um telefonema do escritório, o décimo. Nos nove primeiros, o mordomo resistira, eu estava dormindo e ele não tinha sido autorizado a me acordar. Capitulou quando disseram que a situação era muito grave, questão de vida e de morte da firma. Pediam que eu fosse para lá imediatamente. Perguntei pelo sócio. Não estava, não viria, deixara uma carta urgente para mim. Na Imobiliária a confusão era geral. Cobradores, gente de banco, clientes, fornecedores e ninguém para tomar uma decisão. Muito ativos, a secretária e o contador falavam com uns e outros justificando, desculpando, procurando ajeitar as coisas. Pareciam estar se entendendo bem e fiquei satisfeito ao vê-la funcionando com eficiência, longe de mim. Perdoei-lhe as impertinências da véspera. De vez em quando, mandava ligar para casa. Não, dona Hermengarda ainda não chegara, telefone ocupado, ruído de linha com defeito, número errado, cruzamento de linha. Quando acertava, ouvia a resposta implacável, dona Hermengarda ainda não chegara. A carta do sócio era lacônica: pedia que escolhesse um advogado de minha confiança para distratar nossa sociedade. Poderia ser encontrado em tal endereço. Com a cara fechada e cheio de ideias más, pensei comigo que estava chegando a hora da verdade. O rancor, somado à barafunda do escritório, me fez esquecer provisoriamente Hermengarda, o que não acontecia há dois dias e uma noite. A notícia da demissão do sócio se espalhara na praça, o telefone não parava um instante, os bancos inquietos quanto ao destino dos negócios em curso. Dei por mim com fome no meio da tarde. Pedi sanduíches e mais uma ligação para casa. Hermengarda chegara! Tentara me telefonar várias vezes mas o som de ocupado a convencera de que a linha estava com defeito. No momento, repousava um pouco, chegara muito cansada, concluiu o mordomo. Recomendei-lhe com insistência que não deixasse a criadagem perturbá-la, cuidasse de evitar o menor ruído, nada de enceradeiras, liquidificadores, aspiradores e que sobretudo calasse o pequeno rádio da cozinha, precursor dos abomináveis transistores ambulantes que se tornaram inseparáveis das criadas, novo órgão sonoro anunciando sua presença em cada canto da casa. Que não conversassem, só falassem entre si o que fosse indispensável mas em voz baixa, muito baixa. Repreendi o mordomo porque me lembrei que ele falava alto demais. Desligasse o telefone e a campainha do portão. Mandasse alguém ficar na frente da casa para atender o verdureiro ou sei lá, alguma pessoa que aparecesse, que não batessem palmas ou gritassem cantando o oferecimento de legumes ou frutas, como ainda se fazia naquela época. Temia sobretudo a voz baritonada do vendedor de uvas. *Uvas do Marengo, olha as brancas uvas, uvas...* com as intermináveis e sonoras reticências. Contra o ônibus nada podia mas por sorte a casa estava bem afastada da rua. O bairro era calmo, possivelmente nada interromperia o sono merecido de minha Hermengarda. A caminho do Alto de Pinheiros, ansioso e feliz imaginava como deveriam ter sido duras as duas noites em Jundiaí e Campinas. As pessoas sujeitas a insônia sofrem muito quando viajam, estranham tudo com a noite diferente: o ranger da casa, a dimensão do quarto e da cama, o tecido das fronhas e sobretudo o travesseiro. Mais importante do que o travesseiro, só a pessoa aconchegada ao lado, colada a nós ou um pouco distanciada, estirada ou encolhida, de bruços ou de lado, de frente ou de costas, o nariz apontado para o alto e o corpo paralelo ao teto ou na variedade infinita de diagonais nos contactos leves com nosso próprio corpo. O silêncio tumular da casa me agradou. Subi a escada na ponta dos pés e encostei o ouvido na porta. Ainda o silêncio. Esperaria que acordasse mas queria ao menos contemplá-la. Entreabri cuidadosamente a porta e vi três coisas: o caderno, o vidro de pílulas e a face violácea. Declarou o médico-legista que o cadáver devia ter umas cinco horas.

A morte de Hermengarda não me deu trabalho. Seus parentes se encarregaram de tudo com o bom senso de impedir qualquer noticiário para evitar um choque aos pobres velhos de Jundiaí e Campinas. Mais tarde seriam avisados e poderiam vir para a missa do trigésimo dia. A do sétimo, como o velório e o enterro, foi realizada na mais estrita intimidade, excluídos até meus irmãos e suas mulheres. Compareceram apenas os membros de sua família residentes na capital, os afilhados Alf e Dec, alguns amigos da piscina entre os quais o pobre Cincinato e eu. Ninguém estranhou que eu estivesse só, habituaram-se a me ver assim em casa, nem sabiam se tinha irmãos ou amigos. Na verdade nunca os tivera. A secretária e o contador, os únicos da Imobiliária a quem comuniquei o luto, limitaram-se de acordo com minhas instruções a uma rápida visita de pêsames que aproveitei para passar-lhes procurações a fim de darem andamento aos negócios. Pedi-lhes que fossem tocando tudo, não sabia ainda quando voltaria a trabalhar.

Seu suicídio me apanhara psicologicamente desprevenido apesar de tão claras as últimas páginas que me tinham feito chorar na grande vigília do caderno roxo. Não me sentia capacitado para sofrer e sabendo que o aprendizado seria longo, não tinha pressa. Enquanto esperava a dor, tomei as primeiras disposições para o culto a Hermengarda. Desisti de adivinhar as linhas escritas frouxamente na capa do caderno com letra enorme. Nas primeiras anunciava o que acabara de fazer e na última esperava que Poly... — e ficara nisso. O efeito da droga fora mais rápido do que sua mão. Eu tinha pela frente muitos anos de expiação para fazer tudo o que Hermengarda esperava de mim. Já dera ordens no escritório para Av ser de novo acolhida no Grande Hotel em sua próxima cura. Escolhi seus objetos mais característicos: o batom, um lencinho com um longo H bordado, uma chave isolada, uma muda de peças íntimas e um resto de sabonete de eucalipto. Vasculhei metodicamente todos os móveis, separando aqui um vestido, ali uma sombrinha, um par de brincos dourados — as joias, ofereceria às moças da família — um leque e alguns sapatos graciosos. O gavetão trancado me encheu de expectativa. Quando o abri com a chave encontrada na bolsa, minhas esperanças foram recompensadas: estava praticamente cheio de cadernos usados e apanhando um ao acaso reconheci num relance a letra. O tesouro fora descoberto, era o diário completo de Hermengarda! Guardei a relíquia no cofre da biblioteca e resolvi esperar a noite para iniciar a leitura. Queria me preparar espiritualmente para horas, semanas, anos da mais alta emoção.

A decepção que o material me causou foi grande: nas centenas de páginas que percorri não encontrei qualquer elemento novo pois tudo somado não passava de mero rascunho do que lera no caderno roxo. Mostravam apenas o trabalho insano a que se entregara para chegar às páginas apenas razoáveis do seu diário. A evocação infantil na Campinas de 32, por exemplo, necessitara cinco cadernos de exercícios. Li apenas o primeiro, informe e confuso: as pessoas misturadas a tal ponto que até eu, conhecendo perfeitamente o episódio, me perdi no *quem é quem*. Após revelarem a pertinácia exemplar de Hermengarda no aprendizado da escrita fluente, os cadernos preparatórios só enfastiavam. Cheguei rapidamente ao último da pilha, um caderno grande, do mesmo modelo do roxo mas com capa azul. Abri-o meio ao acaso, disposto a juntá-lo ao resto quando meu olhar caiu numa linha onde perto do nome de Cincin havia uma referência ao sabonete de eucalipto. Li a passagem e fiquei sabendo que os banhos tinham sido sugeridos por Cincinato. Achei isso curioso, pois o caderno roxo me deixara a impressão de que fora um médico que os aconselhara e não um simples dentista. Pensei em verificar mas não tive tempo. Ao mover a cabeça, meus olhos abrangeram uma frase cuja última palavra me esbofeteou: "Só mesmo um corpo como Polydoro". O golpe me fechou os olhos. Nunca o nome execrado me agredira de forma tão traiçoeira. No caderno roxo, Hermengarda não escrevia sequer Poly, abreviatura que perdera a carga ameaçadora desde que num sonho amável ouvi sua voz repeti-la com carinho. E agora ela o escrevia inteiro. Mas por quê? Me veio a esperança de um erro de leitura, a frase parecia nem ter sentido. Abri os olhos e fui reto à última palavra. Não restava dúvida, lá estava o nome intacto, com todas as letras, não as caprichadas do caderno roxo, menores e corridas mas indiscutivelmente dela. Reli a frase e descobri com efeito uma palavra que dificultara a compreensão. Lera um *p* ao invés de *n*, não era *corpo* que estava escrito mas *corno*: "Só mesmo um corno como Polydoro". Resolvi não me afobar. Fechei o caderno azul e esperei um momento. Reabri-o com o maior sangue-frio e li quase duzentas páginas de letra miúda já que as últimas folhas estavam em branco. Não deixei passar uma palavra mal escrita sem esclarecê-la e quando não entendia uma frase ou uma passagem por demais arrevesada, voltava atrás e relia até compreender. Isso aconteceu com muita frequência porque o caderno azul, diferentemente do roxo, era mal elaborado em matéria de grafia e letra. Era evidente que o escrevera apenas para si mesma revelando assim o destinatário do outro preparado com tanto capricho. Não faço aqui uma dedução. A verdade estava em cada página e a própria razão de ser do caderno azul era planejar, filtrar e comentar tudo o que seria posto no roxo para que eu lesse. A quantidade de coisas que fiquei sabendo foi prodigiosa. Cincinato recomendara, de fato, os banhos com perfume de eucalipto e o conselho nada tinha de desinteressado porque fora durante meses amante de Ermengarda. Diferentemente do roxo, a cronologia do caderno azul era controlada e exata. Os amores com o dentista começaram em meados de abril, durante a colocação do *bridge* que me pareceu caro demais quando recebi a conta. O caso prolongou-se até o dia em que Cincinato veio jantar, convidado por mim. Tinham brigado antes da minha chegada depois de terem se juntado uma última vez. Ermengarda praticamente o expulsou da cama quando ele lhe pediu uma forte soma para modernizar o consultório. Ficou indignada, achando que o dentista queria bancar o gigolô como se — penso eu — doutor Cincinato fosse capaz de uma coisa dessas, um profissional tão competente e um homem cheio de méritos, vindo do nada de seu Sergipe natal e vencendo graças ao trabalho, com a fibra de um paulista. Com os moços Alfredo e Pradinho, o comportamento de Ermengarda foi diverso. Corrompeu os afilhados oferecendo-lhes a cigarreira e as abotoaduras de ouro que ela própria me oferecera em meus aniversários. Não contente com isso, recebia-os juntos na cama, fazendo perigar ainda mais a formação desses jovens componentes da nossa melhor reserva moral. Mas a mulher não ficou por aí. Passou por Robert, o espião americano. Passou pelo cônsul do Paraguai e até pelo do Haiti. Tentei destrinchar o complexo de abreviaturas que dificultavam enormemente a leitura e quis estabelecer a mais completa lista de nomes para que não pairasse a menor dúvida sobre a situação: não consegui porque diferentemente dela, eu não me dava naquele meio da piscina. Conhecia o nome verdadeiro de uma parte apenas dos frequentadores e me perdia nas abreviaturas dos demais. Resolvi estudar cientificamente o assunto e teria alcançado alguns resultados se logo no primeiro dia em que me iniciei na análise metódica do problema não tivesse sido importunado pelos parentes de Ermengarda que moravam em São Paulo. Enfrentaram o mordomo e forçaram a entrada em minha casa para combinar comigo a missa de trigésimo dia. Recebi-os polidamente mas com frieza. Expliquei que estava muito ocupado, sem tempo para nada, missas ou qualquer outra coisa. Pedia desculpas mas só poderia lhes dar cinco minutos. Aproveitei a ocasião para aconselhá-los: se desejavam mesmo organizar a missa, que pelo menos não mandassem notícia aos jornais por causa dos velhos. Retrucaram que todos já sabiam e deveriam vir para a ocasião. Insisti nas minhas ponderações contra a publicidade da missa. Não conseguindo demovê-los, dei-lhes mais dois conselhos: os jornais andavam muito meticulosos em questão de ortografia, não adiantava escrever Ermengarda com H que o serviço de copy desk o cortaria. Por outro lado, era conhecida a severidade da rubrica *falecimentos* em matéria familiar. Pelas leis brasileiras Ermengarda não tinha o direito de usar meu sobrenome mesmo depois de morta. Se tivesse morrido no Paraguai seria diferente, mas aqui, não! Mandassem o noticiário, já que insistiam, mas com seu nome de solteira ou do ex-marido, pouco me importava. Os importunos se despediram de olhos espantados e pude voltar aos meus estudos. Meu trabalho com as abreviaturas foi árduo. Fixei duas regras e outras foram delineadas, mas quando chegou o momento de aplicar os resultados ao caderno azul, mais uma vez a ciência me desapontou. É que as regras e as leis são múltiplas e tendem a proliferar, arrastando cada uma o seu cortejo de exceções. Vou me limitar a um exemplo: o caso clássico de Paf. Essa abreviatura aparece com relativa frequência no caderno azul. De acordo com a primeira regra geral, poderia ser Pafúncio, o gato que sempre detestei a ponto de nunca saber com que nome ela o chamava. Mas não podia esquecer que a principal exceção à segunda regra geral é a faculdade de usar como abreviatura apenas as iniciais, exceção bastante corrente no caso de pessoas com três nomes. O diplomata Ilmar Pena Marinho, que então iniciava sua brilhante carreira, foi sempre Ipm para Ermengarda. Nessa ordem de ideias, Paf poderia ser perfeitamente o Padre Antônio Faria, seu confessor. Vasculhei o caderno azul à procura de uma frase decisiva qualquer — Paf miava ou Paf rezava — mas foi em vão. Prevalecia a ambiguidade criada pela abreviação e nas numerosas situações descritas no caderno, o titular poderia ser indiferentemente o gato ou o padre. A frustração causada pela ciência teve porém a vantagem de fustigar a pura reflexão interior que é para mim a última instância do conhecimento. Desta vez, ela me fez dar um tal avanço na compreensão de Ermengarda que passei a considerá-la como o único caminho válido. Meu ponto de partida foi o fenômeno Paf, que associei a uma dessas verdades primeiras ao alcance de qualquer um, no caso, a natureza e a função dos nomes próprios. É incontestável que a realidade e a

86

credibilidade do mundo — seu equilíbrio portanto — repousam em grande parte nos nomes das pessoas. Ao acordar pela manhã cada um de nós sente confusamente a necessidade de confirmar que o mundo de hoje permanece o mesmo de ontem. Esse conforto nos é assegurado pelos jornais através dos nomes de pessoas que continuam fazendo, dizendo ou escrevendo as mesmas coisas sempre. A necessidade que temos dessa segurança é tão premente que conduz nosso espírito a ilusões exageradas. A impressão coletiva demonstra que os mortos da rubrica de *falecimentos* são sempre os mesmos a não ser que no momento tenhamos algum parente ou amigo muito doente. Na rua, o porteiro, o jornaleiro, os colegas de trabalho nos chamam pelo nome e também eles não mudaram os seus. Bem como são igualmente os mesmos os nomes de terceiros aos quais necessariamente se alude nas conversas matinais. E foi esse mecanismo harmonioso e indispensável à saúde mental que Ermengarda tentou desmantelar por iniciativa própria ou quem sabe acumpliciada a um diabólico complô subversivo. Pessoalmente não conheço subversão maior do que a provocada por essas abreviaturas. Tive a experiência pessoal na carne dos ouvidos e dos olhos, na piscina antigamente e agora diante do caderno azul. Vejo o caos criado e emergindo dele, intacto e indivisível para impor sua vontade universal, o nome de Hermengarda, desta vez com H conforme decidira e doravante sua menor vontade era Lei.

Chegara a essa altura de minhas reflexões quando lembrei que Ermengarda, ao promulgar a Lei Básica da Abreviatura à qual se submetem todas as regras gerais que estudei, não se limitou a impor apenas a exceção em benefício próprio. Abrira outra exceção no caderno azul para meu nome estatelado várias vezes em cada página, escrito com cuidado, com a preocupação de assegurar a cada uma das oito horríveis letras a mais perfeita visibilidade. Contudo, era só pensar um pouco para ver que não se tratava de uma exceção mas de uma fórmula particularmente perversa de executar a Lei contra mim. Meu caso, o caso do meu nome próprio, é único. Precisamente respeitando-o, dizendo-o, escrevendo-o é que se chega ao aniquilamento de minha personalidade. Foi essa a impressão dominante que ficou da primeira leitura do caderno azul: Ermengarda queria me destruir. Para isso, não se limitava ao bombardeio brutal com os Polydoros ou à terrível guerra de nervos das abreviaturas. Era uma guerreira incomparavelmente mais sutil e impiedosa, capaz de recursos que a ingenuidade militar jamais vislumbrou. Na campanha do caderno azul, sua arma principal foi a impaciência. Todos sabemos que não existe nada mais terrível. Não há situação de vida possível quando nos sentimos objeto da impaciência dos outros. Na infância, a impaciência dos pais, na escola, a dos professores, mais tarde, a das namoradas, esposas e amantes, dos subordinados e superiores, da pessoa que nos ouve ou nos fala, do analista e do engraxate, dos amigos e dos inimigos, do padre que nos confessa e absolve durante a vida e na extrema-unção, do coveiro, dos herdeiros e a mais insuportável de todas, a impaciência de Deus ao tentarmos explicar nossas vidas.

No caderno azul eu sou oprimido pela impaciência de Ermengarda do começo ao fim. Não me perdoa nada, absolutamente nada. Escreveu páginas e páginas contra mim porque eu não notava o caderno roxo que fazia questão de trazer sempre consigo: calculava para onde me dirigia, simulava escrever, fingia constrangimento, fechava o caderno o mais lentamente possível para chamar minha atenção mas a lentidão do meu espírito era maior, escrevia ela. Minha lentidão era um recorde absoluto, ganharia qualquer corrida de cágados ou dos com acento no segundo *a*. Aumentava sua impaciência com o correr das páginas, aumentando também o número de vezes em que escrevia meu nome e outras grosserias. Quando afinal enxerguei o caderno roxo, Ermengarda me cobriu de sarcasmos no caderno azul por eu ter falado em *livro de despesas*. Acusa-me de não ter olhado o caderno aberto no meu nariz enquanto prolongava uma fictícia conversa telefônica e aqui sua injustiça é flagrante. A partir do jantar do doutor Cincinato, a tensão dramática cresce até o limite do insuportável. O caderno azul não sabe mais o que fazer para que P leia o caderno roxo. A descrição do sofrimento de Hermengarda é tão autêntica que faz esquecer o desleixo com que escreve. Realmente, o comportamento de Po é incompreensível e chega a ser irritante. Estrategicamente ela deixa o caderno aberto, faz cara de mistério para aguçar-lhe a curiosidade mas Pol passa absorto em seus pensamentos e não vê nada. Nessas passagens, como em tantas outras, o caderno azul diz a estrita verdade e tem razão de se revoltar contra a distração de Poly mas Polyd continua a vagar como um cego no meio daqueles graves acontecimentos, obrigando Hermengarda a viajar para Jundiaí depois de armar uma combinação infalível, uma tola história de chaves de automóvel para obrigar Polydo a dar de cara com o caderno roxo ocupando metade da mesa de toalete. Para aumentar as *chances* de Polydor, Hermengarda decide ficar mais uma noite fora e de Jundiaí segue para Campinas. Volta e o que vê? O caderno azul não se contém mais e o furor explode em cada linha: o que é que Hermengarda vê? O caderno roxo no mesmo lugar em que o deixara, intacta a camada de pó de arroz na capa. Só mesmo o corno do Polydoro. Mas agora ele ia ver. E o caderno azul ficou ameaçador: Hermengarda ia pegar aquele maldito caderno roxo que lhe dera tanto trabalho, que a obrigara durante meses e anos a ficar curvada a escrever uma, duas, três, dez, vinte vezes a mesma coisa para copiar em seguida neste maldito caderno roxo — ela agora ia pegar nele e escrever com letras bem grandes a fim de que Polydoro, que pelo jeito além de corno era míope, o encontrasse em cima do corpo de

Hermengarda desmaiada na cama. Ia escrever que se matava porque não tinha mais esperança mas esperava que Polydoro, não, Polydoro não porque Polydoro não gosta de Polydoro, que Poly a perdoasse e ainda encontrasse a felicidade perto de alguém que o amasse como a pobre Hermengarda o amou. E pronto. Antes tomaria umas boas pílulas. Tinha uma saúde de boi, dizia o médico rindo. Há alguns anos, quando sofria de insônia, houve uma noite em que estava tão desesperada que chegou a tomar dez, primeiro quatro e logo depois, seis. Pois bem, só tivera uma vertigem, depois vomitara mas nem precisou chamar o empregado, empregado sim, porque o marido não se importava, deixaria a mulher morrer e até gostava. Agora Hermengarda nem sabia mais o que era insônia, pelo menos para isso o cretino do dentista servira. Sem o problema da insônia, sua saúde estava melhor do que nunca. Um boi. Mas não queria abusar, tomaria dez, escrevia o recado e pronto. Dava um grito, chegava alguém, depois o médico e logo em seguida o marido. Polydoro já podia ir lendo o caderno roxo enquanto o médico aplicava o vomitório. Se não pegasse logo o caderno, aí então na hora de fingir que acordava ela lhe diria baixinho que agora não tinha mais nada a esconder, que lesse tudo, mas tudo mesmo sem saltar uma linha e que a perdoasse. Ou vai ou racha. As últimas linhas do caderno azul chegavam até o meio da página de uma das folhas em branco. Eram poucas que restavam e as examinei para verificar se não tinham mais alguma anotação esparsa. Mais nada e toda aquela brancura implorava por mais palavras, pela continuação da história veemente e desregrada. Passei a mão bem devagar na folha, na capa azul, apertei o caderno com força, gostaria tanto de ajudá-lo, de ajudar Hermengarda, mas não podia, não sabia. Essa impotência me fez interpelar Hermengarda: por que ela escrevera aquele caderno azul? Para eu ler? O cansaço me fazia confundir tudo. Aquele não fora preparado para mim, ao escrevê-lo Hermengarda não tivera a intenção de me fazer sofrer. Reli o caderno azul até conhecê-lo tão bem quanto o roxo. Incorporou-se a mim na vida tranquila que eu levava em casa, adiando o momento de voltar à Imobiliária. O sócio estava lá de novo. Meus irmãos, solícitos e mudos, trouxeram-no em uma de suas visitas e as pazes se fizeram quase sem palavras. Algum documento que precisasse assinar a secretária o trazia pela manhã durante o café. Na primeira vez trouxe a cópia do "Louvor" que lhe reclamara em outros tempos mas não vi inconveniente em que a guardasse para si. Meu casarão se transformara num convento de um monge só, servido por sombras tão silenciosas quanto eu. Para me fazer um pouco de companhia, pensei em arranjar um gato pois Pafúncio fugira de novo horas antes do enterro. Imagino que teve medo de enfrentar sozinho a minha antipatia. Deixei de lado a ideia do gato. Posso dizer que era feliz.

Durante as leituras do caderno azul alguns pontos não se esclareceram de todo e senti necessidade de alguma pesquisa externa. Me intrigavam notadamente os acontecimentos de Campinas durante a Revolução de 32 e o incidente com a Associação Paulista de Ação Feminina. Pretendia o caderno azul que tudo fora inventado por Hermengarda para desfazer a impressão que me causara seu desprezo pelo "Louvor à dama paulista". Não tinha dúvidas sobre a intenção: discutia a invenção. Ninguém mais do que eu admirava Hermengarda, uma admiração filosófica e pacificada, mas aquele não era um produto típico de sua imaginação poderosa. Suas invenções mais características, como as abreviaturas, tinham um grau de gratuidade que faltava ao episódio de Campinas e seu prolongamento na APAF. Meu lado universitário pressentia nessa história uma verdade que não se improvisa e nessa direção fui alertado pela longa biografia do novo Procurador da República, publicada nos jornais e na qual acreditei reconhecer o antigo estudante de Direito, o moço cortês que recebera Hermengarda na APAF. Pensei em visitar a Associação e pensei também em dar um pulo a Jundiaí e Campinas onde, conversando com os velhos e consultando jornais antigos, certamente colheria dados. A decepção com o método de extensão do campo de pesquisas no caso das abreviaturas me fez desistir e dessa vez resisti ao canto científico da sereia. Era só dentro de mim que a verdade poderia brotar, não só a respeito de Campinas, da APAF ou de Hermengarda mas de tudo. Seria a verdade totalizadora que nada deixa sem resposta. Como sempre eu não tinha a menor pressa. Que viesse quando soasse a hora: nada faria para precipitá-la. De fato, ela irrompeu do fundo mais íntimo do meu ser mas não da forma convencional, solene e compungida que meu pedantismo imaginara.

Eu me instalara com o conforto de sempre na minha nova personalidade de homem rico, sem problemas, que sofreu um grande desgosto, afeito à quietude, passando agora os dias numa serena vagabundagem de pensamento, com a vaga intenção de fazer literatura em torno dos meus sentimentos. Devorara Hermengarda, seus cadernos e me comprazia no calor de uma digestão prolongada que a fartura moral e material proporciona. A Hermengarda rosada, a Hermengarda roxa e a Hermengarda azul tendiam para a abstração, os jogos amáveis da inteligência empurrando todas para o esquecimento. Às vezes pensava nela mas era em mim que pensava quase o tempo todo. Pensar é dizer muito: eu apenas me via incansavelmente em diferentes momentos da vida, cenas ocasionais, corriqueiras. Eu um dia na praça da República, fazendo hora e olhando os pombos. Eu assistindo à inauguração de um busto na Associação Comercial. Eu cumprimentando o prefeito na inauguração de uma vila operária e assim por diante como nos jornais cinematográficos brasileiros, a voz do locutor substituída pelos meus devaneios. A metragem dos assuntos variava. Via-me descendo a Consolação de antes do alargamento e decidindo exatamente na entrada da Xavier de Toledo, ao lado do paredão e da árvore, nunca mais esquecer aquele instante fortuito, sem qualquer significação. Ou então saindo do escritório, tomando o carro e me dirigindo contente para o Alto de Pinheiros, bairro tranquilo, de uma distinção provinciana. Via e pensava em coisas simples e variadas durante o trajeto, o verdureiro de fala italianada, o vendedor de uvas discutindo com uma dona de casa, naturalmente ela pretendia escolher os mais belos cachos. Via minha cama e pensava como era bom o travesseiro das noites sem insônia, chegava na frente da minha casa, bem afastada da calçada, o grande jardim com arvoredos filtrando o barulho da rua que chegava amortecido ao terraço mas em compensação, vinda da retaguarda, a música vulgar do rádio da cozinheira. Já falara ao mordomo sobre isso, precisava tomar providências. Como nos filmes as imagens do pensamento não são contínuas. Os cortes interrompem uma e imediatamente surge outra como se estivessem coladas nos estoques da memória. Agora via o escritório de minha querida Imobiliária num daqueles dias de movimento mas já surgia outra imagem: uma porta de sala igual a qualquer outra. Tive curiosidade de ver o que havia por detrás, fiz um pouco de trapaça com a vagabundagem, forcei minha imaginação a ver o que tinha na sala, não era uma sala era um quarto. E vi Hermengarda morta.

O filme foi interrompido. Houve alguma coisa estranha atrás de mim, em mim, nas costas, como se um estilete comprido e muito fino — mais fino do que uma linha e capaz de atravessar uma pessoa sem provocar uma gota de sangue — me entrasse devagar pela nuca se orientando dentro de mim à procura do coração. A sensação insuportável de tão aguda foi seguida de perto por uma náusea que me fez cambalear pelos corredores à procura de uma privada para vomitar. Sempre temi doenças e conhecendo os sintomas das principais, procurei ansioso o nome daquilo que estava me assaltando, mas em vão. Embaralhei os nomes de trombose, enfarte, derrame e outros: era inútil me fixar num deles porque me escapavam as dores características de cada um. O esforço para encontrar e reconhecer uma dor determinada revelou que não sentia nenhuma. Sem o amparo das palavras às quais me dependurava ao acaso, teria enlouquecido. Fui salvo pela palavra *sofrimento* a que me agarrei. Era sofrimento, apenas sofrimento o que sentia, sem dor e sem doença. A descoberta tranquilizadora me salvou do pânico e me levou a um choro manso que me orientou com cuidado, evitando erros e tropeços, para a sua motivação: Hermengarda morrera.

O choro tranquilo durou o tempo que quis, sem soluços, sem sons e pouca lágrima. Pude durante dias ser servido várias vezes à mesa de manhã, à tarde e à noite, bastando esconder o tremor dos lábios atrás do guardanapo e os olhos com a mão nos momentos em que o copeiro aparecia. Sem intervalos porque dormia e acordava chorando.

Quando o pranto estancou e consegui olhar fora de mim, não sobrara pedra sobre pedra na casa, no bairro, em São Paulo, no mundo.

O universo virara pó.

P III: Duas vezes Ela

Primeiro *carnet*

Abro este *carnet* para falar de Ela. Os anos que passo com ela são os mais calmos de uma vida rica em dificuldades que não vem ao caso relembrar. Agora no limiar da velhice, se Ela me faltasse e fosse chegada a hora de ansiar pela paz, o modelo que se proporia à minha aspiração seria o do nosso casamento. Me regozijo por não ter dado ouvidos às insinuações e até conselhos contrários à minha escolha de Ela para esposa. Parentes próximos e um colega da firma não cessaram de fazer alusões aos numerosos inconvenientes dos casamentos em que a diferença de idade é grande. Reconheço que ao encontrar Ela — ela teria uns dezesseis anos —, um abismo de tempo se evidenciava na aparência física. Espiritualmente, porém, sempre estivemos próximos. No correr dos anos a diferença entre Ela e eu se atenuou e quando veio a ser minha esposa aos trinta eu precisava fazer esforço para lembrar que poderia ser minha neta. Tudo aconteceu como se eu tivesse parado no tempo à sua espera e como se Ela tivesse se apressado em chegar. Abafando sua juventude em toaletes austeras, a maturidade precoce era facilitada pelo sutil amarelecimento da tez que denuncia o prolongamento da virgindade. Esses dois pontos, um subjetivo e outro objetivo, meu sentimento de ser jovem e a virgindade de Ela, embaraçaram a nossa noite de núpcias, longa e laboriosa, no fim da qual não fora atingido o objetivo a que se propõe. Cheguei a culpar pelo não acontecido o meu sentimento falacioso de mocidade que não tomara a precaução de conferir com a realidade, de forma repetida e a curtos intervalos. Contudo, isso era desmentido pela rigidez não só do meu caráter mas do conjunto da minha personalidade física e espiritual. Foi ela que interrompeu o mal ficar que se instalou conosco nas sucessivas posições que ocupamos na cama, acompanhando o mal-estar que se infiltrava na minha consciência. Ela tomou a palavra. Inicialmente, *nos* explicou, em seguida *me* explicou e finalmente *se* explicou, sempre com clareza e tato. Sua competência teórica era extensa por ter seguido com seriedade vários cursos de educação pré-nupcial, desde os assegurados pela paróquia da Consolação até os administrados como matéria optativa pelos cursinhos que preparam os jovens para o ingresso na universidade. O motivo pelo qual seguiu tantos cursos, quando em geral as moças fazem um só, se explica pelo tempo que levou para se casar, mais de dez anos. Pois bem, durante esse período a ciência nupcial e seu ensino sofreram, como as demais ciências — notadamente a Linguística e a Crítica —, uma profunda alteração. Considerou Ela como seu dever de futura esposa renovar e atualizar anualmente a bagagem de conhecimentos nesse campo e a prova de que tinha razão foi dada nessa primeira noite, a qual sem sua cultura acumulada poderia ter me causado um trauma duradouro, talvez para o resto da vida. Já disse que no fim daquelas tentativas — cujo aniversário celebramos cada ano com uma garrafa de champanhe — Ela fez três curtas preleções: uma em torno de nós, a outra sobre mim e a terceira a respeito de si própria. A primeira girou em torno do conceito de gabarito, não no sentido tolo em que é atualmente empregado, mas nas acepções técnicas originais de cálculo de proporções, medida-padrão a que se devem conformar certas coisas, vão entre os trilhos de uma via férrea ou de um túnel e o instrumento que serve para verificar essas medidas. A explanação inicial serviu de introdução às duas outras. Na que me tocava de perto, o tema mais abordado foi o do calibre, que estava longe de imaginar tão desenvolvido nos cursos de educação pré-nupcial. Essa parte de sua dissertação, além de muito esclarecedora, teve o dom de afagar o meu amor-próprio um tanto arranhado no momento. As melhores palavras que Ela teve naquela noite foram porém as consagradas a si mesma: além de enriquecerem meu conhecimento me comoveram ao ter a revelação de que não fora apenas o matiz da pele que se alterou durante a longa espera. Para entender sua maneira discreta de abordar esse ponto delicado da condição feminina torna-se necessário um parêntese elucidativo. Além dos pré-nupciais, Ela seguira inúmeros cursos, uns de ordem profissional, datilografia, estenografia e inglês, outros de natureza doméstica, culinária, costura, arranjo de flores e ainda alguns de tipo diverso, como por exemplo encadernação e douração de livros. Essa enumeração parcial demonstra sua superioridade sobre as moças que conheci esperando marido, perdendo um tempo precioso em psicologia, letras ou pedagogia, a mais inútil de todas. Falando a seu respeito durante aquela noite inesquecível, Ela escolheu os termos de comparação no interessante terreno da encadernação. Como se sabe, mas eu não sabia, as célebres e belas *reliures* francesas em pele de javali, feitas no século XVIII até aproximadamente a Revolução — com o declínio da aristocracia o javali foi substituído pelo porco — entram num processo de secura e engruvinhamento que impossibilita não só a leitura do volume mas até o simples manuseio dos amadores. É como se entrassem

num profundo recolhimento, se autorreservando riquezas de que
não usufruem devido à impossibilidade de lerem a si próprios
e ao mesmo tempo negando aos curiosos potenciais as alegrias
secretas que poderiam propiciar. Não se pense, entretanto, que
Ela tivesse um gosto especial por metáforas. Usava-as para salva-
guardar o pudor verbal, tanto assim que logo após ter falado sobre o fenômeno de amesquinhamento que sofreu, passou a enu-
merar de forma direta as medidas a serem tomadas: marcar hora
no ginecologista, uma incisão com bisturi elétrico, dois dias para
cicatrizar e pronto. Nada de hospital ou maca: entraria e sairia
andando do consultório do especialista.

Falava continuamente há quase meia hora quando intervi
para dizer que no dia seguinte procuraríamos um médico mas
sua cabecinha rápida já tinha o nome do médico da família, doutor Bulhões. Fomos ao seu consultório à rua Marconi. Fomos, é
uma forma de dizer, pois quando chegamos à porta do edifício,
fraquejei. Expliquei-lhe que os consultórios médicos não me faziam bem — o que era verdade — mas também me constrangia
conhecer o tal doutor Bulhões, ou melhor, me embaraçava demais ele ficar me conhecendo. Poderia esperá-la numa casa de
chá próxima, situada nos fundos de uma livraria. Esperei três
horas. Durante a primeira hora, fiquei sentado à mesa onde tomara um chocolate com bolinhos mas achei que não ficava bem
ocupar um lugar tanto tempo apesar do pequeno movimento
da sala. Só havia animação na parte da livraria, onde um grupo falava alto e às gargalhadas. Pedi outro chocolate, mais bolinhos e resisti outra hora. O resto do tempo passei fingindo que
examinava livros mas na realidade estava bastante inquieto, primeiro porque Ela demorava demais, temia algum contratempo,
um desses imprevistos que são a regra na medicina desde que
não se trate apenas de apertar a barriga ou escutar as costas. O
outro motivo do meu nervosismo, mais imediato e desagradável,

foi o comportamento do grupo reunido na livraria. Durante os primeiros cinco minutos que passei diante das prateleiras, ninguém tomou conhecimento de mim. Riam muito, caçoavam uns dos outros e sobretudo de alguns nomes respeitáveis da literatura e da política. Ao notarem minha presença, como se eu os incomodasse, começaram a falar mais baixo e em seguida aos cochichos, evidentemente fazendo comentários a meu respeito. Resolvi esperar Ela na calçada, olhando a vitrina da livraria. Mas lá de dentro ainda me espionavam através do vidro. Um mocetão robusto levantou-se decidido e veio me perguntar se desejava alguma coisa. Não era um balconista e eu lhe respondi com firmeza que já tomara meu chocolate e aguardava minha esposa. O moço retrucou com ironia que se ela demorara tanto provavelmente não viria mais. Ia responder à altura a insolência quando Ela apareceu. Indiquei-a com ar de triunfo. Julgando tratar-se de alguém das minhas relações, Ela estendeu-lhe a mão e o rapaz, é preciso dizer, portou-se com correção, respondendo amavelmente que o prazer era todo seu. Meu bom humor voltara, disse que já íamos indo e nos despedimos cordiais. Lá de dentro os outros acompanharam a cena com o maior interesse chegando mesmo alguns a se aproximar mas sem tempo para novas apresentações. Soube mais tarde que o bando da livraria era constituído pela nova geração intelectual paulista, o que estranhei, pois não pareciam em absoluto levar a sério a literatura. Pelo que pude observar eram extremistas e talvez me tivessem tomado por um defensor da ordem política e social, o que realmente sou mas no terreno das ideias, não em funções ativas de alcaguete. Mais tarde, por acaso, conheci o dono do estabelecimento, um senhor de muita linha que me confiou seu desgosto por aquele grupo que não comprava livros, não tomava chá e passava o fim da tarde — a melhor hora para a clientela séria — fazendo algazarra e espantando os fregueses.

101

Conduzindo Ela para o nosso carro, as preocupações se dissiparam completamente. Tudo correra muito bem. Demorara simplesmente porque o doutor Bulhões estava ocupadíssimo. O cheque que remeti no dia seguinte era avultado mas sua competência — que tornara desnecessária a espera da cicatrização — o fazia merecedor de muito mais. Naquela mesma noite nossas núpcias se concretizaram no maior conforto e pudemos recuperar o tempo perdido na trabalhosa vigília da noite anterior. Ela tinha o dom de facilitar tudo. Na firma, onde trabalhara tantos anos, me chamava apenas de *doutor*. Nunca expliquei, nos meios em que vivo, o vago bacharelado que obtive na universidade, pois acho desnecessário justificar com uma defesa de tese o grau de doutor que sempre me foi dado em casa pelos criados e na firma pelos subordinados: doutor porque patrão, esta a verdade a que todos se submetiam, inclusive Ela. Ao ficarmos noivos, não modificou o tratamento e apesar de dizer *você*, continuou a me chamar *doutor*. Em nossa primeira noite de núpcias, empregou um *meu doutorzinho* afetuoso, é certo, mas que não apreciei. Na noite de núpcias para valer, substituiu-o por um *meu doutorzão*, mais adequado. O fato de me chamarem de *doutor* resolvia um problema delicado: meu sobrenome não se conjuga bem à expressão e meu nome, que não se conjuga com nada, isolado ainda é pior. Um nome horrível que desde as primeiras humilhações no Jardim da Infância da Escola Caetano de Campos procurei esconder e procuro esquecer. Na terceira noite de nosso casamento, Ela me deu afinal uma denominação que ficou. Achei-a extremamente suave, sem compreender de início seu significado. Soava aproximadamente como *pauldior*, pronunciado bem à francesa. Dito baixinho durante as carícias parecia um daqueles complementos eróticos verbais que aprendera em seus cursos e cuja gratuidade é bem conhecida dos especialistas. Na manhã seguinte, porém, na hora do café e dos jornais, ela continuou a emitir as mesmas envolventes sílabas noturnas. Imaginei que se tratasse de uma sugestão matutina, o que me faria chegar atrasado à firma, mas a ausência de qualquer tonalidade provocativa bem como a aparência saciada deram novo rumo à minha imaginação. Estava naturalmente aludindo, lisonjeira, aos acontecimentos da noite anterior e comecei a responder aos *pauldior* com as expressões *minha mulherzinha* ou *meu mulherão*, as únicas que minha criatividade fornece, a não ser quando uma parceira autoritária dita o que devo dizer. Agastada em seu pudor, ela estranhou as palavras inadequadas para aquela hora, perto da criadagem maliciosa e mal-intencionada, rondando por perto, os ouvidos talvez colados à porta. Só então percebi que há mais de oito horas estava me chamando pelo nome. Este traumatizara meu espírito a tal ponto que nunca empreguei sequer palavras que lhe são próximas como por exemplo *polidez* ou *polido*, chegando a ouvir com alguma inquietação os discos registrados na velha marca *Polydor*. Minha idiossincrasia alcançava áreas verbais mais afastadas: quando, ainda muito jovem, manifestava aos amigos a inveja que tinha das flores dotadas de múltiplos órgãos masculinos ou mais tarde, chegada a maturidade, criticava no mesmo círculo as mulheres que têm mais de um homem. Pois nunca usei a palavra *poliandra*, que naquele tempo se escrevia com *y*, expressão corrente no meio seleto que frequentava. Contudo, dito por Ela meu nome se transformara tanto que dessa vez o aceleramento do meu coração foi causado pelo prazer, não refletindo mais o antigo temor que nascera aos quatro anos, provocado pela crueldade das crianças que me perseguiam gritando meu nome pelos pátios e corredores até eu me esconder numa latrina onde ficava à espera da sineta que me libertava da fúria dos jovens chacais. Na boca de Ela os sons que tanto me fizeram sofrer ficaram sendo uma fonte de prazer. Na verdade, os sons eram outros, pois dizia as quatro sílabas de maneira irreconhecível para terceiros, sobretudo para os criados. As duas primeiras quase viravam *Paul*, nome bonito em qualquer língua e suficientemente afastado da combinação po-ly. Sua pronúncia alterava ainda mais as duas outras sílabas, do-ro. Insinuava entre o *d* e o *o* um *i* acariciante que praticamente anulava o *o* final, de forma que se ouvia claramente *Dior*. Como por outro lado separava com rápido intervalo as duas primeiras sílabas das outras, eu ganhava nome e sobrenome novos, *Paul Dior* — tão lisonjeiro ao lado francês da minha personalidade.

Poderia mencionar outros exemplos da gentileza de Ela diante dessas minhas particularidades, que os estranhos talvez considerem fraquezas mas que fazem parte da minha maneira de ser, sem as quais seria outra pessoa e não o homem bastante razoável que sou. Ela, em todo caso, me aceita tal qual, criando em torno de mim um clima repousante. E atenta a tudo que me concerne e partilha com entusiasmo de meus pequenos interesses. Algumas alusões aos períodos que passamos regularmente em Águas de São Pedro ilustrarão esses diferentes pontos. Uma artrite tenaz me obriga a curas periódicas na estância das águas sulfídricas. Sempre Ela me acompanha, esforçando-se em motivar ao máximo a sua própria estada a fim de me deixar inteiramente à vontade. Passa os dias tomando doses calculadas ao centímetro das fontes Almeida Salles, Gioconda ou Juventude, cujo efeito sobre a tez, o sono e o estômago, valoriza ao máximo, que eu não pense que aguenta aquela monotonia exclusivamente por minha causa. Seus cuidados não têm limite. Falei dos pequenos interesses que tornam minha vida atual — girando exclusivamente em torno do eixo escritório e lar — um pouco diferente. Como não leio mais nem vou a cinemas, teatros ou exposições e a televisão me adormece, encontro distração nas coisas que vejo na rua ou nos estabelecimentos onde entro para tomar café. Não há muita variedade: fachadas dos anos vinte, leões de cimento armado e as cenas pintadas em azulejos dos bares da capital. Quando aprecio essas obras, em geral estou só, indo ou vindo do trabalho a pé apesar de ter dois carros. Andar me faz bem. Em Águas de São Pedro Ela e eu andamos muito e para passar o tempo vamos entrando em todos os lugares: hotéis, bazares, restaurantes, postos de gasolina, filiais das caixas econômicas federal e estadual e cafés. Num desses últimos chamado Padaria e Bar Delício, encontrei uma gravura que provoca em mim um contínuo interesse: de tamanho médio, representa uma mocinha segurando um peru. Por mim voltaria muitas vezes ao Bar Delício pretextando uma xícara do mau café que servem, um maço de cigarros que não fumo ou uma caixa de fósforos inútil, a fim de contemplar aquela figura juvenil com a sua ave. Não o fiz no começo por causa de Ela, receando aborrecê-la, mas foi ela quem tomou a iniciativa. Estávamos uma tarde espiando vagamente uma das caixas econômicas quando ponderou que ali não tinha muito o que ver e sugeriu que voltássemos ao bar da menina e do peru. Daí por diante adquiriu o hábito de conversar com os frequentadores do bar, gente velha que sabia muita coisa. Explicavam eles a diferença entre a andorinha, que praticamente desapareceu de Águas, e os andorões que ainda hoje ao entardecer lotam os poleiros de televisão. Contavam ainda casos sobre os primeiros tempos da região, quando os pioneiros à procura de petróleo descobriram as águas contra o reumatismo sem se aperceberem disso, deixando jorrar durante anos o gigantesco chafariz. Todos simpatizavam com Ela e enquanto lhe falavam, participando distraidamente da conversa eu ficava olhando para a menina do peru.

Haveria ainda muito que anotar. O prazer que encontro em escrever sobre Ela aqui em Águas ou então no escritório em São Paulo, durante as horas vagas do início da tarde! Às vezes me é difícil lembrar seu verdadeiro nome, de tal jeito me acostumei a Ela, isso, desde que entrou na firma, passados já tantos anos.

Obriguei-a muitas vezes a repetir a história desse apelido, uma historiazinha que não me canso de ouvir: tiveram uma cozinheira um tanto debiloide que aceitara trabalhar para sua modesta família — o pai, a mãe, Ela e um irmão menor — apenas contra casa, comida e de vez em quando alguma roupa velha. A tonta, ótima pessoa e boa profissional, era incapaz de guardar nomes e designava o pai por *O*, a mãe por *A*, o irmão por *Ele* e ela por *Ela*. A família achou graça e adotou o curioso tratamento chamando-se uns aos outros de O, A, Ele e Ela. Com a ida da velha para o asilo todos perderam os apelidos menos Ela. Na escola, quando lhe perguntaram o nome, respondeu espontaneamente que era Ela e o diretor aprovou, lembrando o título de um célebre romance inglês e de sua heroína. Ela ficou Ela para sempre. Dessa história emanava uma poesia um pouco triste que associo a um leãozinho de cimento postado no pilar de um portão da rua Maria Antônia. E à moça do peru. Com efeito, um dos encantos de Ela é sua indefinível tristeza. A primeira vez que senti essa tristeza foi quando abordou o problema da virgindade no começo do nosso namoro.

Já era funcionária da firma há muitos anos, nossas relações de trabalho sempre foram excelentes e eventualmente falávamos de algum assunto mais pessoal sem diminuir, contudo, a distância entre patrão e empregada. Minha vida íntima não era fácil como hoje, tinha muitas preocupações e para todos os efeitos era casado, desde que não encontrava motivo para contar à direita e à esquerda que legalmente meu casamento não existia. Certa vez pedi a Ela que batesse a minuta de um contrato onde devia constar obrigatoriamente meu nome completo e o estado civil. Eu mesmo costumava datilografar esse tipo de documento cuja introdução a outra parte nunca lê, tornando improvável o vexame de ver meu nome revelado, mas naquele dia me distraí e acabei entregando o rascunho a Ela juntamente com outros papéis. Quando se aproximou com meu original na mão dizendo que eu cometera um engano, me senti perdido, certo de que vira meu nome. Mas não. Este ela só descobriria quando teimou em ler o contrato do nosso casamento e já anotei aqui a forma admirável que encontrou para contornar o problema três dias depois de casados. O que lhe parecera um engano foi a designação do meu estado civil como solteiro. Expliquei de forma sumária, sem entrar em pormenores, que pelas leis brasileiras era realmente solteiro e nesse instante senti que nasceu nela um interesse novo por mim, que só mais tarde se esclareceu. Nunca me falou nisso mas é possível que percebesse desde então minhas dificuldades domésticas e tivesse pena de mim, desdobrando-se em cuidados de funcionária eficiente, com um calor maternal que me fazia bem. Naquela época me achava incrivelmente mais velho e me divertia ser cuidado como um filho. Tão jovem, pensava, mas como toda mulher é mãe em potencial procurando realizar-se pelo menos psiquicamente no afeto desinteressado. Confesso que durante todos aqueles anos nunca vi em Ela outra coisa além da colaboradora atenta duplicada em mãezinha inquieta de um quase velho, capaz de servi-lo com inalterável dedicação, empenhada em providenciar silenciosamente as dezenas de pequeninas coisas indispensáveis ao meu bem-estar. Quando faço uma análise retrospectiva, descubro que um de seus momentos máximos foi a hábil delicadeza quando chegou para mim a hora crucial na vida dos homens maduros: o intervalo, tão difícil como algumas fases da adolescência, entre a maturidade consumida e a velhice que tarda. Sua missão histórica na minha biografia foi dar uma nova dimensão e vitalidade a esse capítulo, transformando um momento que seria apenas de transição em algo com valor autônomo, fazendo com que ao invés da velhice, a esperada fosse Ela. A alavanca fundamental desse milagre foi sua virgindade. A vez que abordamos esse assunto ficou sendo o marco número um de minha nova existência, pois o marco zero fora a manhã luminosa em que confessou que me amava. Isso ocorreu dois ou três anos após o desenlace de minha primeira grande crise conjugal. Sua declaração me fez um bem enorme, porém de natureza apenas espiritual: o corpo desconfiado não acompanhou o espírito. Quando numa noite fria levei Ela a um desses locais noturnos então raros em São Paulo, o aconchego que procurava a seu lado não tinha vislumbres de prazeres mais concretos além de uma boa comida e um vinho de qualidade. O rumo que o encontro tomou não fora planejado e o primeiro surpreso fui eu quando a beijei e sugeri delicadamente que ficássemos amantes. O instante em que respondeu com voz sumida que era virgem foi o mais agudo de toda minha vida. Mutação, metamorfose, cristalização, renascimento, horizonte, descoberta, fênix, lustral, resolução, decisão, revolução: eu precisaria usar todas essas palavras com maestria para definir o que senti. Penso, contudo, que esclareci meu sentimento básico, vindo das profundezas da memória coletiva da espécie masculina. Devo esclarecer que nenhuma das mulheres que cruzaram ou acompanharam minha vida até então era virgem. Apesar da minha formação conservadora, nunca dei importância excessiva à virgindade e tendia, com os modernos, a considerá-la um tabu ultrapassado. Isso no plano teórico. No prático, era mais severo e cheguei a dar conselhos de prudência aos membros mais jovens da família, inclinados no momento da escolha de moças para casar, a descartar com excessiva desenvoltura uma tradição que como todas as tradições, tem certa razão de ser e que precisa ser compreendida e analisada. Por outro lado, mais de uma vez constituí um lar com mulheres que já tinham experiência no assunto. É verdade que nunca deu certo, mas não atribuo o malogro exclusivamente à circunstância dessas senhoras não estarem estreando. De qualquer maneira, a virgindade de Ela trouxe um verdor novo à minha velha experiência humana e minha imaginação saiu da letargia que parecia definitiva.

Chego às últimas páginas deste *carnet* e ainda precisaria dizer tanto. Talvez comece um outro, não sei. Mas é preciso que aqui fique registrado que o amor que Ela tem por mim é maior e muito mais meritório do que o meu. Estaria disposta, se fosse o caso, a passar fome ao meu lado. Quem diria que o outono da vida me reservava uma mulher de tal qualidade e verdade.

Escrevo estas últimas linhas excepcionalmente em casa para onde nunca trago este *carnet*: não me perdoaria a distração de deixá-lo cair sob suas vistas, ferindo sua modéstia e pudor. Daqui a pouco o guardarei no cofre onde deposito minhas ações. Neste exato momento escrevo há mais de meia hora no banheiro e ouço a voz de Ela, afetuosa e ligeiramente inquieta: "Paul Dior, você está aí há tanto tempo! Aconteceu alguma coisa, Paul Dior? Responda, Paul Dior!".

Minha única preocupação, que me esforço em afastar, é a fragilidade da saúde de Ela, que a leva constantemente a consultórios, clínicas e hospitais. Felizmente não precisa de internamento, pois se isso acontecesse, não sei o que faria: minha idiossincrasia por tudo o que se refere à medicina progrediu assustadoramente com a idade. Antes, me bastava evitar os locais onde praticavam essa ciência, mas agora não suporto sequer a vista de uma fachada de hospital, chegando mesmo a evitar a simples convivência mundana com médicos. A julgar pelo número de novos hospitais e clínicas que se constroem em todos os bairros, a saúde de nosso povo declina de forma alarmante e não vejo as autoridades públicas tomarem consciência desse grave problema. Uma hora dessas nem o bairro onde moro será poupado. Já precisei subornar um funcionário da saúde que desejava implantar em pleno Alto de Pinheiros uma clínica infantil. Pelo visto as crianças também não escapam do endoecimento geral.

Sei que não poderei resistir muito tempo. Quando minha vizinhança for invadida, irei morar em Águas de São Pedro onde não há hospitais e o único médico se limita a indicar a dosagem das aguinhas e a temperatura dos banhos. Posso apertar sua mão sem ser tomado pelos comichões que me afligem à simples vista do Hospital das Clínicas, quando passo distraído pela avenida Rebouças. A forma que Ela encontrou de me preservar — afetada como sempre esteve pela má saúde indo quase diariamente consultar especialistas — é o exemplo final de sua dedicação que deve ficar registrado. Organiza de tal maneira a distribuição do seu tempo que nunca sei qual é o dia em que não vai aos médicos: tenho sempre a impressão de que é precisamente o dia presente. O *ontem* já se escoou e o *amanhã* ainda não existe e como graças a Deus a minha alergia não é de tipo retroativo nem antecipador, a memória e a imaginação não provocam coceiras. O que preciso evitar são os fatos visuais ou olfativos e esses Ela providencia para que não cheguem a mim. Ao voltar para casa, a encontro banhada e perfumada, sem o menor vestígio de injeção nessa pele que conheço tão bem ou nas pequeninas veias arroxeadas cuja pulsação apalpo com carinho. Imagino que deva substituir eventuais aplicações intramusculares ou venosas por medicamentos adequados a outras vias, mas as caixas e vidros de remédios que por acaso existam em casa estão certamente mais escondidos do que o cofre dissimulado onde guardo as ações da Light, Estrada de Ferro Paulista, Cia. Melhoramentos e outras menos conhecidas mas de igual valor. Em suma, apesar de saber que é doentia nunca o percebo e vivo tranquilo. Os instantes, como estes, em que penso no assunto são tão raros que posso afirmar que sou inteiramente feliz, mesmo porque neste minuto preciso em que está presente a única nuvem do céu de minha vida, não acredito que o destino cometa a insensatez de afastar Ela de mim. Outras mulheres que não ela acusaram de egoísta esse meu constante otimismo, mas não eram tão compreensivas.

110

Segundo *carnet*

Fatos novos, merecedores de registro, exigem que eu abra um novo *carnet* a respeito de Ela sem o que o primeiro, que redigi há alguns anos, ficaria incompreensível para mim. A tranquilidade de Águas de São Pedro, onde me encontro para atenuar uma crise artrítica particularmente aguda, me leva a enfrentar a tarefa ingrata de encher este segundo *carnet* que escolhi com um número maior de folhas. Tenho mais o que escrever neste do que no outro e respeito a superstição de que as páginas em branco de um caderno começado são mau presságio, anunciam o corte da vida. Apesar de tudo, não desejo mal a Ela — muito menos a mim — mas o fato é que tudo mudou. Não saberia datar a alteração e ignoro suas causas. As razões que apresentou na disputa recente que provocou nossa separação não me parecem claras. Não vou esmiuçar o progressivo envenenamento de nossas relações: o processo durou anos durante os quais a poeira do mal-estar foi se acumulando até atingir a insuportável sufocação dos últimos dias. Sem a terrível explosão verbal de há uma semana, explosão que teve sobre mim um efeito salutar, acho que teria definhado e morrido do tipo especial de tédio provocado pela infelicidade medíocre. Chegara leve da firma, bem preparado para o cansaço que me esperava pontualmente em casa. Encontrei nos olhos de Ela um brilho novo, prenunciador de decisões. Aguardei. Durante o jantar não disse uma palavra. Esperava que a criadagem se afastasse pois felizmente — ou infelizmente — até o fim das nossas relações ela se manteve discreta em relação a terceiros. Instalados na saleta onde tínhamos tomado o café, Ela começou. Eu a ouvia, como sempre, com delicada atenção e decidido a não interrompê-la, sistema que adotara durante os dois últimos anos e cujos resultados foram razoáveis. Ela costumava falar durante uma hora de maneira pausada e numa linguagem impecável. O conteúdo do que dizia, sempre o mesmo, consistia na enumeração de queixas genéricas a respeito da vida que levava e de críticas ao meu comportamento fastidioso, egoísta, comodista e falso. Esse comportamento se manifestava sobretudo, segundo ela, no silêncio em que me refugiava durante esses rituais. Eles me cansavam apenas fisicamente, e a isso nunca pude escapar, constrangido como sempre fui pela boa educação: nunca deixaria uma senhora falando sozinha, sobretudo nesse caso em que as lamentações e agressões sempre chegaram aos meus ouvidos através de palavras policiadas. Durante aquelas dúzias de meses jamais ela me fez uma acusação nutrida de fatos, nomes, datas e sequer sugeriu alguma solução. Esperava que eu o fizesse e não foram poucas as ideias que ocorreram a fim de me libertar daquele cerimonial que ameaçava se prolongar indefinidamente. Ela e eu estávamos na situação dos comerciantes que ao entabular um negócio ficam ganhando tempo, cada um à espera de que o outro formule a primeira proposta. Naquela noite, começou como de costume mas fui alertado por uma palavra nova. Estavam presentes à chamada as expressões *cacete, fastidioso, enfado-*

nho, maçante e a variante *maçador,* mas quando disse que eu era um *chato,* percebi que havia algo de diferente e a minha atenção interior correspondeu por uma vez à fisionomia atenta que sempre mantive. A continuação da fala confirmou que as normas do antigo ritual tinham sofrido uma transformação tão grande quanto as da missa, na realidade ainda maior, conforme verifiquei no decorrer do encontro. Aludiu com uma precisão inédita ao meu artritismo, às minhas curas em Águas onde ela curtia a humilhação de ser a mulher da figura mais cômica que os porteiros já tinham visto na população sempre renovada da estância. Exemplo? Todo o vilarejo comentava minha paixão por aquela mocinha ridícula abraçada a um peru. Nesse ponto Ela fez uma interrupção como se esperasse uma reação. Não houve. Continuou: na realidade eu a conhecia muito pouco porque apesar de muito sonso eu não era inteligente, demonstrava ao contrário uma bisonhice capaz de engolir as maiores. Citou o fato de nunca ter eu estranhado aquele seu irmão que nunca conheci, que morava no Rio mas todas as vezes que para lá viajávamos estava ou no Norte ou no Sul. Aliás, nesse caso não se tratava apenas de bisonhice mas também de falta de espírito familiar e dureza de coração, pois durante nossa vida em comum jamais visitara o túmulo dos seus pais no Cemitério da Quarta Parada e nem sequer o dos meus, muito mais perto, ali mesmo na Consolação. Mas realmente extraordinária foi minha pouca curiosidade em conhecer esse irmão. Antes assim: o tal irmão nunca existiu. Não?! Não. O Ele da infância com a cozinheira tonta era um priminho órfão recolhido pelos pais e que tinha a mesma idade dela. Nova pausa mais curta, dando a impressão de que se enganara. Recomeçou a falar mais depressa, aparentemente aflita para chegar a um ponto onde alguma coisa ia acontecer. Ela e Ele cresceram juntos e até os dez ou onze anos dormiram na mesma cama estreita do quartinho que dava para a ameixeira do quintal. Era inteiramente à vontade que se entregavam curiosos e complacentes ao jogo infantil da diferença entre menino e menina. As brincadeiras não se interromperam quando, crescidos demais para uma cama só, cada qual teve a sua no quarto de sempre. Mesmo depois dos quinze anos, quando Ela ficou só no quarto e Ele ia dormir no divã da sala, as brincadeiras prosseguiram. Encerrou essa parte de sua explanação acrescentando que o primo e ela eram professores e alunos do seu primeiro curso de educação pré-nupcial: primeiro e único, concluiu. E esperou. Esperou em vão apesar da pausa ter sido longa. Meu silêncio não era apenas político: estava prodigiosamente interessado pelo enredo e ansioso para que continuasse. Recomeçou com uma referência a um exame médico, que não entendi bem, mas recuou passando depressa a outro assunto. Com ar resoluto, disse solenemente que tendo em vista as circunstâncias, imaginava que eu gostaria de me desquitar. Há muito tempo esperava por essa proposta mas o momento não foi oportuno porque naquele instante a única coisa que me interessava era o prosseguimento da história. A pausa dessa vez era para valer e temi que se não dissesse alguma coisa Ela não mais abriria a boca naquela noite. Tinha tomado a iniciativa de uma sugestão concreta e esperava minha opinião. Em qualquer outra ocasião teria respondido afirmativamente, dependendo das suas pretensões, é claro, mas se tocasse nisso agora a conversa tomaria um rumo prático e eu não ficaria sabendo mais nada a respeito de Ela e Ele, ainda com quinze anos de idade. Fui obrigado a improvisar e na afobação errei uma palavra, o que foi providencial. Pretendia lhe perguntar se estava convencida de que na nossa situação o desquite era razoável, mas ao invés de *situação*, eu disse *idade*. Ela retrucou com veemência que não confundisse nossas idades, me dera os melhores anos de sua vida mas ainda era moça comparada a um caco velho como eu: quem tinha a mesma idade dela era o primo. O

114

aparecimento pela primeira vez em nossas conversas da palavra *caco* e a volta ao primo, me pareceram de bom augúrio e aconselharam o retorno ao silêncio. Com efeito, depois de alguns sarcasmos, Ela retomou seu conto no ponto em que o interrompera. Chegada a adolescência, Ele tornou-se mais imprudente e afoito, mas Ela soube colocá-lo em seu devido lugar, salvaguardando assim a virgindade. A nova pausa foi prolongada, provavelmente por ter interpretado mal a minha impaciência cuja natureza era semelhante à que provocam os comerciais da televisão interrompendo uma novela ou um filme, com a diferença que a história de Ela era incomparavelmente mais interessante do que as da TV. Foi aí que retomou o tal exame médico que introduzira com precipitação numa passagem anterior quando na realidade sua função só adquiria sentido na parte posterior agora abordada. Se machucara ligeiramente, e a mãe, que conhecia de cor suas datas, recentes mas bem reguladas, alarmou-se com o sangue que encontrara no lençol: obrigou-a a passar por um exame médico. Conhecia um doutor da Santa Casa, moço prestativo em cuja família o marido fora chofer, o mesmo que arranjara um lugar no asilo para a velha cozinheira. Nessa altura, ela já dissera algumas vezes o nome do médico mas só percebi isso depois. Levei algum tempo para reconhecer numa sonoridade um pouco vaga o nome de *Bulhões*. Ela o pronunciava sem o título e praticamente engolia a primeira letra de maneira que eu não atinava com a significação dos ...ulhões que começaram a aparecer com certa frequência. O doutor a examinou com extremo cuidado, constatou que estava intacta quanto ao principal e enquanto tingia com iodo o reverso da medalha, perguntou por que uma menina assim bonita e inteligente fazia aquilo, se era por gosto ou por hábito. Não compreendeu bem o alcance da pergunta e limitou-se a responder com simplicidade que gostar não gostava, mas não queria correr o risco de não arranjar casamento. Naquele dia o médico não disse mais nada. Na sala de espera tranquilizou a mãe no tocante à virgindade, Ela não tinha nada de grave, apenas pequenos distúrbios frequentes na adolescência, em pouco tempo estaria curada bastando umas injeções que ele mesmo aplicaria. Preferia que fosse no consultório na rua José Bonifácio — a rua Marconi ainda não existia — porque a Santa Casa era para mendigos e fazia questão de cuidar bem da filha de um antigo servidor da família. No dia seguinte, o médico pilheriou perguntando se Ela precisava de mais iodo e em seguida explicou muitas coisas, ilustradas com pranchas e gravuras de livros. Propôs em seguida que ficasse à vontade. Comprometia-se com sua palavra de honra de médico: na hora que Ela ordenasse, ele reconstituiria sua virgindade. Como era naturalmente delicada, bastariam uns dois pontos, talvez um só, mesmo levando em conta o crescimento, pois ainda não tinha completado dezesseis anos. Durante a nova pausa que Ela ameaçou prolongar indevidamente, descobri uma forma de fazê-la continuar, e que funcionou bem até o fim. O resto do tempo só falei quando quis. Cada vez que interrompia a narrativa, esperando que eu dissesse alguma coisa, minha fisionomia adquiria uma expressão de quem pergunta "e daí?", que tinha o dom de fazê-la continuar, um pouco irritada, é verdade, o que era inconveniente, pois o diapasão de sua voz alcançava a copa e a cozinha. Logo porém tornou-se desnecessário espicaçá-la. Parecia que confessava a si própria as lembranças mesmo quando se dirigia a mim. Nesse abandono, o nome ?ulhões readquiriu uma consoante que não correspondia à original e cuja motivação me intrigou até o momento em que o relato a esclareceu. Quando se acordava de mim, Ela criava um som ambíguo que pertencia simultaneamente às duas primeiras consoantes do alfabeto. Até quase os últimos segundos da noitada a linguagem de Ela, com efeito, permaneceu correta e pela última vez pude admirar a maestria no falar daquela moça de origem tão humilde. Era evidente que em lugar dos cursos míticos de preparação pré-nupcial e além do referente à encadernação, ela seguira muitos outros, públicos ou particulares, inclusive de califasia cuja pioneira fora na sociedade dona Noêmia Nascimento Gama. Enquanto transcrevo e condenso, usando suas próprias palavras, parece-me ouvir a sonoridade, trabalhada até o artifício, de sua voz: "...ulhões cumpriu a promessa. Das muitas que fez, foi a única cumprida rigorosamente, sem pestanejar os longos pelos dos olhos que o tempo começa a dourar. Você não o conheceu, não quis conhecer de maneira que não pode fazer uma ideia de suas pestanas. Lembram, na abundância, as daquele escritor, você me mostrou o retrato na biblioteca ao lado do teatro Leopoldo Fróes, com a diferença de que aquele homem era feio e _C^Bulhões era muito bonito. Reconheço que algumas promessas realmente não pôde cumprir. Só não casou comigo porque os pulmões fracos da esposa foram ajudados pelas descobertas da medicina. Quando enfim morreu, eu tinha perdido a paciência e me casado com você. A prova de sua boa-fé foi o desejo de se desquitar da mulher moribunda mas eu não podia romper a promessa feita a minha mãe na madrugada da sua morte: me casar direitinho, com todos os papéis em ordem e reconhecidos pelas autoridades e pelo padre. Renovei muitas vezes a promessa diante da sepultura rasa em que ficou ao lado do meu pai e que continua rasa porque você também não cumpriu a promessa de encomendar a estátua com os dois anjos que vi na funerária da rua Alagoas. Nesse caso, Bulhões mostrou mais sensibilidade e quis pagar a estátua. Achei que não ficava bem apesar da intimidade que sempre houve entre nós, tão grande como a que existiu entre nós, no tempo em que éramos felizes. Não quero ser injusta com ninguém. Vocês foram os dois homens da minha vida e enquanto fui feliz, acho que pude ser equitativa com ambos, pelo menos me esforcei. Vou dar um exemplo: Bulhões sabia que eu te chamava de Paul Dior e pediu que lhe desse a mesma prova de carinho transformando também seu nome. Perguntei-lhe se também não gostava do seu e ele disse que embirrava com o B e acrescentou rindo que preferia a consoante vizinha. Daí por diante, como Paul Dior para você, foi esse o nome pelo qual sempre o chamei, de portas fechadas, é claro, longe das enfermeiras e dos assistentes do consultório, da Santa Casa, da Beneficência Portuguesa, da Casa de Saúde Matarazzo e do Hospital das Clínicas, depois de inaugurado por Ademar de Barros, lugares onde trabalhava e que também serviam para nossos encontros. No começo eram quase diários, em seguida mais espaçados até os dias atuais em que nos vemos raramente e só para conversar. Mas não quero pensar no presente igualmente amargo para mim, com você ou com ele, quero lembrar a idade do ouro com vocês dois, quando Culhões — mais instruído do que você — me dizia coisas lindas usando palavras que você nunca usou. Ficou gravado para sempre dentro de mim o tom de seus comentários a respeito da delicadeza do meu corpo, o que não impedia que eu fosse ao mesmo tempo, dizia, mestra Poliandra e território gentil de uma Diarquia. Não é o momento de eu deixar de ser sincera, amei muito mais Culhões do que Paul Dior, mas enquanto fui feliz sobrou dedicação e paciência para ambos. É claro que preferia ter me casado com ele e quando você envelheceu artrítico e cada vez mais cismado com médicos, fiz a hipótese de, ambos viúvos, podermos finalmente nos casar. Respondeu-me que não pensava nisso mas se pensasse escolheria uma mulher mais jovem. Tenho certeza de que você nunca me faria uma desfeita dessas — é preciso dar a cada um o que merece — mas também devemos perdoar Culhões que passava por um período difícil. Sempre cioso, eu diria pretensioso, a respeito de si próprio, Culhões atribuía à parceira, como fazem

118

todos vocês a culpa pelo declínio que acompanha fatalmente a idade, nos homens, é claro. Ainda como todos os do seu sexo — você me parece uma exceção — ele alimentava uma incurável nostalgia da mocidade. Pensei em Culhões quando li a última entrevista de Garrincha, onde recorda comovido os gols sucessivos durante as grandes partidas aqui e no exterior, pois Culhões também era muito viajado e como o campeão, tinha motivos para se orgulhar do passado. Brilhou não só em São Paulo e no Rio, mas em Paris, Londres e Berlim de onde também trouxe os honrosos diplomas dependurados na sala de espera do consultório. Suas obsessões não me aborreciam enquanto a vida correu alegre, já disse que enquanto fui feliz tinha paciência para vocês dois. Rebuscando na memória, só me lembro de uma vez em que fiquei irritada com ambos ao mesmo tempo, mas durou pouco. Foi por ocasião do nosso casamento. Pedi a Culhões para fazer a costura com um ponto mas ele insistiu em dar mais um por medida de segurança, dizia. Talvez tivesse razão, não te conhecia e eu ainda não sabia, para informá-lo, até que ponto você é distraído nessas coisas. Imaginou naturalmente, julgando por si, que você pertencia ao gênero curioso e fuçador que quer saber tudo, ver, cheirar. Tão bem quanto eu você conhece o resultado de sua prudência, não, não estou discutindo o quanto é competente, pude testar isso e o resultado não poderia ser mais lisonjeiro para sua perícia. Depois que me costurou, por descargo de consciência, resolvi me submeter a um exame no Instituto Médico Legal, meu primo tem lá um bico e facilitou tudo. O certificado que me forneceram poderia figurar ao lado dos diplomas estrangeiros de Culhões como prova suplementar do seu saber. Mesmo assim, nossa noite de núpcias foi para mim um pesadelo. Como controlei os nervos para evitar a explosão de impaciência que comprometeria tudo! Você não calcula meu esforço de imaginação para a longa conversa sobre gabarito e calibre pois na realidade, perto de Culhões, você era pinto. Não pense que fui injusta ao me impacientar com você nesse ponto de exclusiva responsabilidade do outro. Na nossa primeira manhã de casados, em termos, eu pensei nisso e como sou escrupulosa, tive remorsos pelos meus sentimentos da noite. Mudei de ideia no fim da tarde e se você for honesto concordará comigo. Enquanto me esperava naquela livraria pela qual tomou implicância para o resto da vida, eu despejava sobre Culhões toda irritação acumulada durante a noite, responsabilizando-o pelo impasse. Admitiu que talvez tivesse errado por excesso de precaução. Depois que lhe contei sua preferência pela escuridão total e pelo enlace clássico, se convenceu que um ponto teria sido mais do que suficiente, ou quem sabe, nenhum. Reagi com vivacidade a essa última sugestão, pois me parecia violar um ponto implícito na promessa que fizera à defunta, mas o meu amigo demonstrou que o raciocínio era absurdo e acabou me fazendo concordar com a proposta que fez. Não estava convencido de que a culpa fosse inteiramente sua e depois de algumas considerações teóricas a respeito de anatomia, estava ansioso por demonstrar na prática a sua tese. Eu ainda preferia um toque de bisturi para libertar o ponto supérfluo, mas ele acrescentou novos argumentos cuja validade reconheci. Lembrou que você tivera na noite anterior uma experiência psicológica intimidativa, o menor obstáculo poderia assumir proporções de intransponível muralha. Além do mais era preciso não esquecer de que você já não era moço: para o bem dos três, o melhor era uma solução natural. Pelo menos tentar e só apelar para a intervenção no caso do seu esforço naquela tarde resultar tão inútil quanto o seu da noite anterior. Repetiu que era a solução para você, pelos motivos expostos e para mim porque evitava o bisturi. Para si, o interesse da tentativa era sobretudo profissional: precisava saber se errara ou não ao acrescentar um segundo ponto. Sem ter o que responder, concordei. Na verdade, Culhões triunfou, mas se fosse menos pretensioso concordaria comigo que o segundo ponto fora e não fora um erro. Se você ficou tanto tempo naquela livraria foi porque as coisas não se resolveram com a facilidade que a bazófia de Culhões imaginara. Precisou lutar muito, primeiro de forma contínua, depois fazendo pausas para retomar o fôlego. Quando venceu, vaidoso como ele só, teve o mau gosto de comparar-se vantajosamente a você, esquecido do argumento da idade que ele próprio apresentara uma hora antes. Estou convencida de que você também teria sido capaz se não fosse tão emotivo, se tivesse mais confiança em si próprio. A idade não foi problema e seu instrumental, incomparavelmente mais fino que o de Culhões, era uma vantagem, pelo menos naquela circunstância. Mas isso é passado. Tudo correu bem e não esqueço os anos de felicidade que devo a ambos. Queria que também não se esquecessem de tudo que fiz. Já desisti de obter de Bulhões qualquer reconhecimento, está ficando um pobre-diabo com mania de mocidade, cercado por um grupo crescente de mocinhas vorazes que lhe sugam os cruzeiros enquanto diminui na mesma proporção o número de clientes que os fornecem. Seu fim será triste. Com você é diferente, um velho tranquilo que soube se aposentar com dignidade. Chegamos assim à minha situação. Ainda me resta um pouco de mocidade e como lhe desejo longos anos de vida, sei que quando você morrer serei uma velha, dona de uma herança sem serventia. O destino de viúva triste, apesar de rica, me apavora. Quero o desquite. Para você não faz diferença mas para mim ainda é tempo: saberei empregar o que me couber na partilha dos nossos bens. Meu primo é hoje o melhor encadernador da cidade, a única coisa de que precisa é de um capital inicial para ampliar o *atelier* e se dedicar exclusivamente ao ramo. Por enquanto, é obrigado a perder tempo no Instituto Médico-Legal. Faríamos sociedade numa grande firma e eu voltaria a ser feliz, sabe que sempre gostei de encadernações."

Vi que a pausa era definitiva, ela não tinha mais nada a acrescentar. Seguira o relato com a maior atenção sem me distrair uma só vez, o que ressalta na fidelidade com que acabo de reproduzi-lo uma semana depois. Meus sentimentos foram variados mas predominou a emoção. Era a primeira vez que ouvia uma confissão tão espontânea, além de formulada com algum talento. Essa experiência deve ser trivial aos padres, analistas e uns poucos policiais estrangeiros, não acredito que os brasileiros consigam confissões assim. Quando não tocam nos confessos potenciais, por definição inconfidentes, só ouvem mentiras. Se usam outros métodos, as verdades que arrancam a alicate, juntamente com as unhas do interlocutor, são apenas frangalhos de verdade que pertencem a um corpo e a um espírito amortecidos. Ouvir, porém, a confissão de uma boca e de uma alma palpitantes de ambiguidade, eis aí uma experiência que pode ter se tornado corriqueira para os confidentes profissionais, mas para um amador como eu é capaz de alterar a vida. A minha não o foi porque estou ficando velho e minhas reações são tardias. Mas houve outro motivo para minhas reticências: a única coisa que me indispôs na narrativa de Ela — que ouvi quase todo o tempo como um enredo em que não tivesse representado um papel — foi a passagem em que apresentou doutor Bulhões como pessoa mais *instruída* do que eu, a palavra *instruída* usada no sentido de *culta*. Pois bem, sou intelectualmente bastante modesto, mas frequentei círculos inteligentes e conhecia perfeitamente o sentido das palavras *poliandra* e *diarquia* que o doutor Bulhões lhe ensinara. A primeira nunca usei pelos motivos íntimos que já registrei no outro *carnet* e quanto a *diarquia*, por falta de oportunidade. Fora da Rússia, país que me assusta e a respeito do qual falo o menos possível, não existe nenhum outro governo dirigido por dois soberanos. Quis fazer ver a Ela que eu não era tão ignorante quanto pensava e aproveitei para fazer uma pergunta sobre um pormenor que não ficara bem esclarecido. Disse-lhe que a palavra *poliandra*, que o doutor Bulhões lhe aplicara, me parecia correta, como substantivo ou adjetivo. Não restava dúvida de que tivera mais de um marido ao mesmo tempo, pois os prolongados anos de intimidade com o doutor Bulhões permitiam que entrasse nessa categoria. Mesmo que houvesse outros, a expressão *poliandra*, não sendo limitativa, permaneceria válida. A respeito de *diarquia* tinha uma dúvida e eu lhe perguntava se na verdade o seu corpo, apesar de miúdo, não fora o território de uma triarquia. Ela não entendeu porque certamente nunca ouvira essa palavra e tive assim uma desforra. Contudo, minha curiosidade permanecia intacta e refiz a pergunta de forma simples, direta. Quis saber se no mesmo tempo em que morava comigo, visitava e era visitada por doutor Bulhões nas camas altas dos hospitais, não seria também a amante do primo. Antes de responder, Ela sorriu. E começou por justificar o seu sorriso. Os homens decididamente eram todos iguais. Doutor Bulhões e eu, por exemplo, aparentemente tão diversos, reagíamos de forma idêntica numa dada situação. Doutor Bulhões nunca tivera ciúmes de mim mas atanazava Ela com perguntas sobre o primo e eu, ao conhecer toda a história, aceitara Culhões mas resistia ao outro. Respondi, irritado, acentuando o B de Bulhões, que não aceitara ou recusara o doutor ou o primo, simplesmente me considerara bem informado a respeito de um e pouco sobre o outro. Ela retomou a palavra com doçura e dissipou o mau humor que a bulha provocara. Confessou que realmente nunca ouvira a palavra *triarquia* mas agora que lhe conhecia o sentido, não a considerava justa para definir o conjunto de relações entre ela, doutor Bulhões, o primo e eu. Como a base de toda argumentação consistia em considerar seu corpo um território, Ela achava necessário esclarecer que o ponto em que o doutor Bulhões e eu exercíamos nossa dupla soberania não era o mesmo onde o primo exercia a sua: ele permaneceu fiel às lembranças da adolescência. Nessas condições, perguntava se era adequado o emprego da expressão *triarquia*. Convi que não e mais uma vez admirei sua capacidade em aprender. Quis fazer uma última pergunta mas preferi considerar concluído o seu depoimento. Quisera saber se nós três tínhamos sido os únicos homens importantes de sua vida ou se ainda restavam outros. Fiz bem em resistir à curiosidade. A introdução de novas personagens faria com que a história corresse o risco de se tornar fastidiosa e, em última análise, menos respeitável. Outras coisas que desejava dizer achei que ficariam melhor numa situação diversa. Eram alguns conselhos práticos sobre a viabilidade de uma grande empresa de encadernação. A ideia me parecia utópica e sobretudo desconhecia as aptidões reais do primo. Receava que Ela perdesse numa aventura a soma razoável mas afinal de contas modesta que estava disposto a lhe dar desde que concordasse com um contrato de quitação definitiva e irrecorrível que acompanharia o desquite amigável, discreto e secreto na medida do possível. Não suportava a ideia de que os remanescentes da minha família — que deixara de frequentar em bloco desde o noivado com Ela — pretendessem ter tido razão ao desaconselhar e criticar o meu casamento. Sou um liberal conservador, respeito a tradição alheia mas em matéria de família sou subversivo e não suporto a minha. Seria capaz de entregar a Ela a metade do que tenho só para evitar que eles ficassem sabendo do desquite e se divertissem com isso. E olhe que essa metade era uma fortuna depois da subida em flecha das ações da Petrobras que comprei tremendo de medo pois corria que era coisa de comunista. E vá se confiar nos jornais! Mas não havia motivos para qualquer preocupação a respeito do desquite e dos meus bens. Ela sairia de casa contente com o que a minha generosidade lhe oferecesse, ia viver num mundo de livrarias e bibliotecas com o qual nenhum parente meu teve jamais o menor contacto e ninguém ficaria sabendo de nada. Se por acaso morresse antes de mim, o que depois da revelação a respeito da sua estupenda saúde me parecia pouco provável, eu faria uma combinação com o primo, me encarregaria de todas as despesas, mandaria a notícia do falecimento e das missas com seu nome de casada, a enterraria no jazigo da família, na Consolação, a não ser que tivesse deixado instruções para repousar com sua gente na Quarta Parada. Mas sobretudo estaria nas igrejas e cemitérios indispensáveis para receber, na qualidade de viúvo inconsolável, as condolências de algum parente ainda vivo pois seria excessivo esperar que todos já tivessem morrido. Não veria inconveniente em ter o primo ao lado, me ajudando nos pêsames porque ele seria afinal o último parente carnal de Ela, isso na hipótese de serem realmente primos. A velha em seu asilo, se existiu, já morreu e provavelmente não saberia esclarecer se eram parentes ou não pois a debilidade mental aumenta com o tempo. Para localizar o asilo da velha, eu precisaria procurar doutor Bulhões. Se ainda estivesse vivo e clinicando, para evitar o consultório e os comichões, marcaria um encontro na livraria ao lado, se ainda existisse. Teria mudado muito, os jovens intelectuais nem me reconheceriam, eles também mudados, acomodados. Talvez nem mesmo aparecessem mais por lá, sem tempo para outra coisa além das responsabilidades bem pagas que teriam assumido nos jornais, na administração e na iniciativa privada. Eu nunca mais os veria e no entanto chegara o momento de nos entendermos bem. Estou certo de que pediriam desculpas pelo antigo comportamento e poderíamos até nos tornar amigos já que o tempo teria anulado a diferença de idade. A livraria! Nunca perdoei a Ela me ter feito esperar tanto tempo naquela maldita tarde. No fundo, sempre a responsabilizei pelo vexame de ser desfeiteado e maltratado por aquele bando de pirralhos metidos a intelectuais e a revolucionários quando nunca foram nem uma coisa nem outra como o futuro demonstrou: seus nomes não estão em capas de livros e nem os retratos nos cartazes dos procurados pela polícia.

Minhas reflexões práticas e seus corolários a respeito do destino de Ela tinham começado num clima de grande simpatia mas acabaram me levando a um sentimento de desconfiança e azedume. A mudança deve ter se refletido na minha fisionomia. A de Ela também mudara. O silêncio tranquilo, com que acompanhara o início de minha meditação sobre seus negócios, dera lugar a uma mudez expectante, ansiosa. Prolonguei meu silêncio a fim de sufocar a irritação e pensar melhor. Esforcei-me para abranger o conjunto da sua narrativa e a nova situação criada, repassei os principais temas, fiz ajustes e reajustes, procurando pesar tudo de maneira objetiva, com o máximo de honestidade para comigo e para com Ela. Consegui de novo encarar os acontecimentos como se eu não tivesse nada a ver com aquela história. Só que desta vez o que se salientava não era mais o lado patético mas a comicidade da maior parte das situações. Reconheço que as mulheres da minha vida foram todas mais inteligentes do que eu e entre elas, Ela ocupa uma boa posição. Todas, porém, encararam a vida com tal seriedade que no terreno do humor sou indiscutivelmente superior. Fui um moço divertido, com sucesso na escola e nas cervejarias alemãs do São Paulo antigo. Mudei muito, mas atrás da severidade que os negócios e as conveniências impõem, guardei alguns traços da alegria passada. Aparentemente, acumulei as risadas não dadas pois desde que saí dos vinte anos só conheci no trabalho ou em casa situações que me constrangiam à austeridade. A rua era um intervalo na seriedade mas eu apenas sorria ao acaso, nunca ria. Minha reserva interior de graça sem encontrar qualquer possibilidade de escoamento, ultrapassara o limite de segurança sem que disso me apercebesse. Ao resumir mentalmente o que Ela me contara, percebi que o esqueleto do enredo era a história de uma moça que sai virgem de bruços e de baixo dos membros superiores, inferiores e médio de um primeiro homem, para ser desvirginizada duas vezes por um segundo a fim de se tornar esposa de um terceiro. Encontrei uma tal semelhança com as brincadeiras verbais em voga no Liceu ou nas conversas inconsequentes da Cidade de München, do Rütli e do Franciscano, que mergulhei na adolescência e arrebentei todas as comportas da maturidade. O resultado da explosão foi literalmente um ataque de riso que me estendeu de comprido na poltrona, sacudido por intermináveis gargalhadas que ameaçaram me sufocar, chorando de alegria até o limite da convulsão. A crise deve ter durado algum tempo pois não notei quando Ela se levantou. Assim que consegui me recompor um pouco enxugando com o lencinho do bolso do paletó os olhos molhados, dei com Ela postada diante de mim, lívida, tremendo da cabeça aos pés. Enquanto reprimia no meio de tosses a vontade de recomeçar a rir, balbuciei algumas palavras de desculpas pela minha descortesia. A lividez de Ela virou rubor, o corpo deixou de tremer, estendeu as mãos como se fosse me esganar e gritou duas frases que atravessaram a casa, o jardim e a rua: "Paul Dior, eu quero que você e sua boa educação vão para a puta que o pariu! Vá tomar no cu, doutor Polydoro!".

Antes que dissesse a última palavra eu tivera tempo de observar que sua voz mudara: adquirira uma tonalidade juvenil, vulgar mas cristalina. Minha reação foi tão instantânea que só percebi o que fizera quando vi, ocupando mais da metade do rosto de Ela, a marca avermelhada que minha mão deixara, um filete de sangue que escorria da narina esquerda e um jorro mais forte da boca. Ela sacudiu a cabeça para dissipar o aturdimento provocado pelo choque seco do bofetão e fugiu.

Logo me acalmei. Ouvia a voz de Ela ao telefone e não me preocupei com o que dizia. Naturalmente falava com o primo e o resto adivinhei: estabelecimento do corpo de delito no Instituto Médico-Legal, desquite litigioso, vitória completa, a família se divertindo e eu com menos da metade da minha fortuna. No momento, porém, minha preocupação era outra. Acabara de descobrir Ela e ao mesmo tempo a perdera. Nunca a amei e agora era tarde. No fundo, sempre a julgara tão postiça e bem-educada quanto eu. Durante o chamado tempo de felicidade, fizera dela o supermordomo da minha corte de serviçais e esgotado esse tempo considerei-a como um empregado antigo cuja dispensa as leis trabalhistas atrapalham. Mesmo depois de ouvir sua longa biografia não a fiquei conhecendo realmente porque a voz era a que adotara para me contentar desde os tempos do escritório. Dizendo coisas agradáveis ou não, permanecera sempre igual e só mudara no último minuto daquela noite, quando me insultou. No instante em que me dirigiu os palavrões, aquela voz inteiramente nova desvendou a existência de uma Ela diversa de todas que conheci: minhas três Elas — do trabalho, do conforto e do tédio — além das do doutor Bulhões. A nova Ela era a do primo, potencialmente intacta dentro das outras, reprimindo-se para mim e reprimida por mim, a única que eu poderia ter verdadeiramente amado: a Ela da Quarta Parada, moleca de maus bofes, língua viva e voz tintinabulante, a Ela que eu conhecera um segundo antes de pronunciar o único palavrão insuportável, meu nome, e partir para sempre, os dentes quebrados pelo meu soco. Minha única desculpa é que agi em legítima defesa contra o chacal raivoso que saltara não de sua boca, mas das profundezas do inferno de minha infância, para de novo me torturar.

Posfácio
Pensamento e ficção
em Paulo Emílio
(Notas para uma história
de *Três mulheres de três PPPês*)[1]

José Pasta

A importância que Paulo Emílio Sales Gomes tem, na cultura brasileira, procede, sobretudo, de seu trabalho sobre o cinema, com o cinema e pelo cinema — não se duvida disso.[2] Tendo se interessado apenas tardiamente pelo cinema, conforme pensava,[3] e só mais tarde ainda se tendo convertido à causa do cinema brasileiro, foi principalmente nesse terreno que Paulo Emílio se dispôs a lutar, deslocando para ele boa parte das energias que desde a primeira juventude votara à militância política de esquerda — a qual, na verdade, nunca abandonou.

Não obstante, no momento mesmo em que ele tocava o apogeu de sua maturidade intelectual nesse domínio de eleição — período em que se via assoberbado pelas múltiplas atividades de professor, orientador, pesquisador, crítico... a ponto de não poder comparecer ao I Encontro de Cinema Brasileiro, na PUC do Rio de Janeiro, no qual leria sua "comunicação" (nada menos que *Cinema: trajetória no subdesenvolvimento!*) —,[4] justamente nesse momento, ele encontrou tempo, ou melhor, ele *produziu* o tempo de dar forma a um livro a muitos títulos surpreendente, no limite de ser desconcertante, uma obra de ficção — literária, certamente —, mas de todo modo um fenômeno literário difícil de definir e circunscrever. Trata-se, é claro, de *Três mulheres de três PPPês*, livro escrito, segundo seus próximos e seus biógrafos,[5] em torno de 1973 e publicado quatro anos mais tarde, em 77, o mesmo ano em que Paulo Emílio faleceu.

Não era, o livro, propriamente um raio caído de céu azul. É já de si evidente o fato de que sua longa e esmerada atividade de crítico fazia dele um escritor, no sentido amplo do termo. Acresce que, quando achava que era o caso, ele a exercia de modo provocador e fantasista, lançando mão de recursos ficcionais, figurando ser quem não era, construindo imaginativamente seus objetos e não recuando nem mesmo diante da farsa — procedimentos todos que, se lhe eram talvez inerentes à personalidade, foram mobilizados em maior escala durante a ditadura militar.[6] Todavia, seus trabalhos anteriores mais próximos da literatura situavam-se em domínios conexos: o drama militante, juvenil, assim como o era a "invenção" de uma personagem-autor, antes embrião de personagem;[7] o estudo biográfico, de contornos interpretativos e críticos, como é o caso do nunca assaz celebrado *Jean Vigo*,[8] livro "francês", cuja impregnação literária é no entanto muito intensa e responde em boa parte pela força da obra; o painel histórico-biográfico-interpretativo de *Humberto Mauro, Cataguases, Cinearte*,[9] em cuja respiração mítico-mágica o moralismo hipócrita e repressor não suportou ver o registro do desejo. Ficou de propósito para o final desta enumeração não exaustiva a evocação de *Capitu*,[10] roteiro de cinema escrito em parceria com Lygia Fagundes Telles, em 1967, trabalho aparentemente — e só aparentemente — ocasional, encomendado, circunstância cuja enganosa banalidade provavelmente encobre um intenso movimento de *cristalização* literária de Paulo Emílio, induzido pela interação com o texto de Machado de Assis, o *Dom Casmurro*, que se tratava de adaptar.

De todo modo, o aparecimento dessa obra de ficção, constituída pela articulação de três novelas (a maioria prefere "contos") de composição visivelmente muito *sustentada*, de gosto bizarro e caráter difícil de precisar, nas quais algo de *outrancier* — ou que passava dos limites — fazia suspeitar o ultraje (social e de classe, diga-se desde já), o aparecimento de uma tal obra surpreendeu um pouco a todos, até a maioria dos próximos, que viam Paulo Emílio então empenhado de corpo e alma na batalha do cinema nacional.

A surpresa, ao mesmo tempo literária e existencial, fez que se falasse em desejo de se entregar, ainda que momentaneamente, à gratuidade de um puro jogo, ou se vislumbrasse a armação textual de um *divertissement* — é possível que a palavra "diletantismo" tenha ocorrido a alguém —, tudo isso dito e pensado em geral sem malícia nem maldade, e, às vezes, mesmo, em sentido puramente técnico. Nisso tudo, aliás, existe algo de verdadeiro, que valeria a pena especificar.

Mas, no calor da hora, o crítico literário mais avisado do tempo, tão avisado que estava no exílio, Roberto Schwarz, advertiu que era melhor não se enganar diante da esquisitice da novidade: o leitor via-se de súbito confrontado com a "melhor prosa brasileira desde Guimarães Rosa".[11] Em veia polêmica contra as vanguardas formalistas então dominantes, o crítico bem-avisado situa, no núcleo do livro, o estabelecimento de uma confrontação entre a liberdade de espírito de um homem agudo e experimentado e a estreiteza extrema, até a estupidez, da matéria a que essa liberdade — de corte racional — encarrega-se de dar forma. Na tensão que assim se instala, encontra seu refúgio e sua sobrevivência o verdadeiro espírito crítico, ao qual repugnam as pseudossuperações de ordem puramente abstrata ou formal. No plano da narração, esse confronto se duplica: "Entre a limitação das personagens e a inteligência da sua escrita o desacordo é total, e a conjunção é forçada. Este é o X estético do livro".[12] A essa excelente análise de Schwarz expressamente remetemos, aqui, o leitor que deseje um *close reading* do livro de Paulo Emílio. É outro o corte do presente estudo, conforme já indica seu título.

O elemento de jogo, com o que comporta de gratuidade e de divertimento, é, assim, constitutivo da obra, na qual inscreve o movimento de uma razão paradoxal, tornada flutuante e reversível por seu conúbio forçado com um mundo que é seu avesso mais completo. "O humor é não levar a sério a seriedade", dizia em outra parte Paulo Emílio. "Nós, brasileiros, levamos as coisas muito a sério. Mas nossa seriedade é superficial. O humor exige a duplicação da realidade."[13] O aspecto de jogo é, desse modo, um *momento* essencial da *seriedade* peculiar da obra, que almeja não menos que estar à altura do seu tempo, em particular do que nele é contradição e impasse.

A complexidade do livro, que põe de lado a visão de um ludismo inconsequente, não desautoriza menos a ideia de que Paulo Emílio o tivesse escrito por desfastio, quando a "atenção descansa, fatigada pela seriedade da ciência", como diria um patrono oficial das letras nacionais. Consta que ele se divertiu bastante ao escrevê-lo,[14] mas é de todo improvável que o fizesse para se dar uma folga simbólica, afastando-se das questões instantes que então o ocupavam. Tampouco é de crer que ele o tenha escrito *apesar* de todas as suas ocupações já referidas. Antes é de pensar o contrário: que ele o tenha escrito *por causa* delas e de seu acúmulo e, mais especificamente, que o tenha feito no bojo de um forte acirramento tanto existencial quanto intelectual — ou até propriamente conceitual — das questões que o pressionavam.

Ao que tudo indica, Paulo Emílio era um homem de *auges*,

o que não quer dizer, é claro, que fosse dado ao espalhafato ou à apoteose mental. Significa que apostava especialmente nos movimentos de acúmulo de tensões, que as conduzissem até um ponto máximo, vizinho do paroxismo e da arrebentação. Nesses extremos, ele julgava encontrar uma ocasião privilegiada de conhecimento, um momento-limite, no qual o que de fato está em jogo ameaça se revelar e passar a outra coisa. O já citado Roberto Schwarz não só situa esse procedimento de "maximização de intensidades" no centro mesmo do *Três mulheres*, onde o identifica no ritmo da frase, no ciclo das ações e na relação com o leitor, como também de certo modo lhe esgota tendencialmente o alcance, desdobrando uma espécie de fenomenologia do apogeu nessa obra, ao reconhecê-lo sob as figuras do "ápice", do "ponto crítico", do "momento alto", do "momento máximo" e do "momento supremo".[15] Seria inadequado ver na "maximização de intensidades" um "método Paulo Emílio", dado o que há de aposta, de risco e de aventura na entrega a um tal movimento, mas não resta dúvida de que ele encontra nesses extremos de exasperação algo como um ponto epistemológico privilegiado, se não uma oportunidade única de descortino.

Dada a pregnância desse procedimento no trabalho de Paulo Emílio, em cujo âmbito ganha foros de modo de conhecer privilegiado, é pouco provável que sua aplicação se limitasse aos seus objetos de análise e a modos de representar, deixando de refluir ao sujeito mesmo e a seu próprio modo de atuar. Não quer isso dizer que o autor procurasse sempre, ele mesmo, o acirramento e a exasperação, as mais das vezes ditados por circunstâncias externas, mas que provavelmente os internalizasse, assumindo-os como elementos de sua dinâmica intelectual própria — qualquer que fosse o grau de consciência do risco existencial que essa atitude, potencialmente até fatal, implicasse. Um *sentimento da dialética* particularmente intenso, vivido como elemento do gosto e da própria personalidade? Sem dúvida, mas uma dialética muito peculiar, cuja verdadeira feição só se irá definir quando finalmente reconhecer, no encontro com seus objetos mais congeniais, a razão que determina tanto sua própria origem quanto sua insolubilidade.

Descartada a pretensão, evidentemente descabida, de determinar exatamente os móveis da atuação de Paulo Emílio, é no entanto bastante visível, no período que leva à redação de *Três mulheres*, o acentuado acirramento de tensões em três das frentes fundamentais de atuação do autor, a saber, no campo político, na elaboração teórica e na prática literária.

Ainda antes do Ato Institucional nº 5, de dezembro de 1968, golpe dentro do golpe, ou seja, desde os primeiros desdobramentos de 64, Paulo Emílio já era contado entre os desafetos jurados da ditadura, que o atingiu sempre em um grau e com uma constância que não conheceu a maioria dos intelectuais de sua mesma faixa de atuação e de seu convívio mais estreito. "Mas não era então a plenitude da nossa ditadura militar? Era. Plenitude da ditadura sim [...]", escreveu Lygia Fagundes Telles sobre 1967, acrescentando: "Paulo Emílio já tinha feito descer das prateleiras as pastas da papelada política, entre outros planos, estava o de escrever um ensaio sobre a trajetória do cinema no subdesenvolvimento. Para agravar a crise, era esperada sua cassação como professor na Universidade de Brasília, seu nome estaria na lista negra das cabeças a serem cortadas. Os subversivos".[16]

Não é o caso de repisar o que se pode ler com mais proveito nos estudos biográficos e nos depoimentos dos contemporâneos do autor. Retomo, aqui, apenas essa passagem privilegiada porque ela dá a ver, de uma vez só, em estágio relativamente precoce, na anotação sensível de Lygia Fagundes Telles, o entrecruzamento das três linhas de força mencionadas — a da política, a da teoria e a da literatura — investidas em seus três elementos principais: a confrontação com a ditadura militar, a redação projetada de um ensaio entre todos capital, e a interação intensiva com o texto de Machado de Assis, pois é no trabalho concomitante de adaptação de *Dom Casmurro* para o cinema que tem seu foco o depoimento da escritora.

Tudo isso não fará senão intensificar-se e agravar-se nos anos que seguem: no enfrentamento da ditadura, posteriormente ao Ato n° 5, Paulo Emílio conhecerá a perda de posições na imprensa, o bloqueio nas atividades de pesquisa e de crítica, as pressões de toda ordem e a ameaça de afastamento da USP, mas também desdobrará sua atividade em "incontáveis pronunciamentos em aulas, palestras, congressos — ocasiões que aproveitava para falar e influir",[17] assim como na tentativa de oposição corporificada na revista *Argumento* — entre outras formas de combate então assumidas pelo intelectual, que, no relato do seu amigo Antonio Candido, dizia-se, nessa fase final, "cada vez mais comunista" (não no sentido partidário).[18]

No campo da reflexão crítica e teórica, 1972 será o ano de conclusão e defesa da tese de doutoramento "Cataguases e Cinearte na formação de Humberto Mauro", depois o livro intitulado *Humberto Mauro, Cataguases, Cinearte*, em cuja elaboração extensa e mais sistemática Paulo Emílio fará a experiência de uma história perpassada de encantamento, mas cuja contraface necessária é a de uma temporalidade travada — no limite de não se configurar propriamente como história, desdobrando-se, por isso, na conhecida ambivalência do mito, que tanto é esclarecimento quanto escuridão. Ainda subterrânea — ou recalcada — na tese, a expressão desse aspecto sombrio e da contradição paralisada que responde por sua instalação virá, em 1973, no ensaio complexo, potente, quase divinatório, repassado de exasperação, se não de contida cólera, que aprendemos a conhecer como *Cinema: trajetória no subdesenvolvimento*.

Instruído pelas vicissitudes de um cinema feito de surtos, porém não menos pela regressão instituída pelo golpe militar, nesse ensaio Paulo Emílio registra seu encontro com um país que não se formara, que talvez não se formasse nunca, em cuja marcha recalcitrante a cada espasmo formativo corresponde uma contração regressiva. Não por acaso, seu postulado central e mais famoso afirma que "a penosa construção de nós mesmos se desenvolve na dialética rarefeita entre o não ser e o ser outro".[19] A empostação sibilina e o contexto de quase vidência em que se move o ensaio mais do que sugerem que talvez se devesse ler a sentença famosa em sentido mais amplo do que o que se refere tão somente às relações entre o nacional e o importado, por mais importantes que elas sejam. De fato, ela assinala, em epítome, o ajuste de contas do autor com a ideia de *formação* — central para ele e para toda a sua geração, em cuja mentalidade fora ao mesmo tempo projeto, ideia reguladora e mito fundador.

A voragem mercantil instalada pela ditadura militar, especialmente em seus anos de "milagre econômico", pôs em liquidação os vagares cumulativos da *Aufhebung* nacional, engolfando os movimentos de superação regulados, racionais, por ela supostos. A Paulo Emílio, tudo indica, não mais parecia possível reiterar simples e anacronicamente o projeto — no entanto irrenunciável. Restar-lhe-ia a alternativa paradoxal de praticá-lo em condições extremas, arriscando lances de resultados imponderáveis, no âmbito estreito da coabitação forçada com tudo que constituía o avesso desse projeto, a todo tempo sujeitando-se a vê-lo convertido em seu contrário.

Não será, então, de todo apenas ocasional que, do título da tese sobre Humberto Mauro para o título do livro em que ela se publicou, a palavra "formação" desapareça, engolida pela justaposição metonímica de nomes próprios, nus e desacompanhados. Assim também o ensaio celebrado escolhe dizer "trajetória"

— onde a nova percepção da "dialética rarefeita" não autorizaria escrever sequer "itinerário", que dizer, então, de "história". Do mesmo modo, na citada frase de síntese, em vez de "formação" vem o neutro "construção", aliás, "penosa" e de contraditória, "rarefeita" e incerta edificação. Ao produzir um curto-circuito entre formação e supressão, entre "o ser" e "o não ser", Paulo Emílio descortina uma realidade nacional em que não só a dialética do local e do cosmopolita é infinitamente problemática mas em que as distinções entre o mesmo e o outro — o que significa entre o sujeito e o objeto, o eu e o não eu, o presente e o passado etc. — ao mesmo tempo se põem e se furtam, existem e não existem. O Brasil que dessa visão emerge é um país feito de ambivalências e reversibilidades, atado a um movimento pendular — agitação paralítica — cujo motor sombrio é de caráter sacrificial, e em relação ao qual é arriscada a ideia de que se tenha realizado a vida humana.[20] A intenção de inculcar que uma tal ambivalência seja uma oscilação entre uma "coisa boa", salvífica, e uma "coisa má", deletéria — e não que essa ambivalência seja, ela própria, já de si uma desgraça, como viu Machado de Assis —, revela apenas a disposição subalterna de servir sempre, indefectivelmente, a quem manda e de violentar quem não obedece. Justificar a violência conta-se certamente entre as formas mais abjetas de praticá-la.

Esse Brasil ambivalente, mundo dúplice e reversível, Paulo Emílio o vê em toda a sua complexidade e complicação inerentes. Para tanto, faltam nomes. Com que categorias organizá-lo? Que conceitos darão conta dessas viravoltas incessantes, em que se passa do *pour au contre* e as polaridades se intervertem? Com mais discrição do que se tem aqui, no próprio ensaio em pauta o autor dirá: "O fenômeno brasileiro é daqueles cuja originalidade está a exigir uma expressão nova".[21] Não por acaso, o ensaio é atravessado por uma onda de metalinguagem, com o perdão do termo, discutindo palavras, significados e modos de dizer, o tempo todo. Decisiva, entretanto, desse ponto de vista, é a presença do *impulso de nomeação*, que, se percorre toda a vida do autor, torna-se, nesse ensaio, intensa e prolífica. Vemo-nos diante de um consumado criador de termos e de expressões, alguns hoje famosos, frequentemente arranjados em duplas de opostos ou pares conceituais, tais como "ocupante × ocupado", criado para designar as misturas muitas vezes inextricáveis de colonizador e colonizado; "subversão × superversão", dupla verbal irônica para designar o atentado à ordem social praticado não pelos "de baixo", mas por camadas sociais superiores, no entanto não inteiramente estranho aos primeiros; "(bode expiatório) × bode exultório", oposição (implícita) feita para designar o paradoxo de uma "vítima sacrificial" de exaltação, destinada a operar os milagres da compensação imaginária da coletividade, e assim por diante.

Assim como em tantas outras criações do que se chamaria às vezes de "a verve" de Paulo Emílio — lembre-se, de passagem, a "aristocracia do nada" e a "incompetência criativa em copiar" —,[22] o humor é componente certo, mas é também notório que não se trata de simples facécia, nem apenas do senso da fórmula (no entanto presente), mas de criações verbais que, guardando as virtudes reveladoras do chiste ou do *mot d'esprit*, tendem porém a ultrapassá-los em direção ao conceito, cujo poder de síntese e rigor descritivo foram experimentados por não poucos pesquisadores. Curiosos conceitos, todavia, cuja frequente tendência de se arranjar em duplas em estado litigioso denuncia, além do horror do cristalizado, o desejo de apanhar, pela virtude do movimento que lhes é constitutivo, alguma coisa de fugitivo, de escapadiço, mas de vivo — uma *quididade*, se é lícito dizê-lo —, que ao mesmo tempo se põe e se furta, sovertendo-se na sua própria apresentação.

Esse *quid*, difícil de apanhar, reitere-se, é a entidade chamada Brasil, o Brasil que, no bojo da experiência da ditadura e da luta, prática e teórica, pelo cinema nacional, se põe para Paulo Emílio — como crise, como desafio, como urgência vital de nomeação. O impulso que leva o crítico à inquietação denominativa e à invenção verbal não é diferente do que o leva à literatura "de imaginação", como se diz. Com efeito, o que conduziria Paulo Emílio, nesse "momento alto", nesse "ponto crítico", a demandar a qualidade *literária* da linguagem e, em particular, a recorrer a suas capacidades propriamente ficcionais? Posta entre parênteses a infinidade dos imponderáveis, entre tantas razões possíveis, duas mais prováveis (e associadas) se apresentam: de um lado, um panorama conceitual desertificado ou passavelmente reduzido a ruínas; de outro, a necessidade, na verdade o imperativo, de dar livre curso ao trabalho do negativo. De fato, conforme já se sugeriu aqui, o golpe militar, aprofundando-se, de súbito pusera em crise ou tornara caducas cadeias inteiras de noções e de figurações do país, em muitas as áreas de conhecimento e da produção de linguagem, revelando-lhes o fundo falso e a natureza ilusória. Elas então se esbatiam e se decompunham, contra o pano de fundo de uma dominação de classe brutal, patrocinadora de toda sorte de violência e estupidez. No centro desse complexo de noções, a referida ideia de formação, vital para todo o círculo intelectual do crítico, via-se impugnada. Lentas, longas e até hoje compreensivelmente incompletas foram as despedidas a essa noção, no citado meio intelectual e em alguns círculos concêntricos que a partir dele se formaram. Só com o fim do século, nesse âmbito, se veio a falar com todas as letras dessa liquidação talvez derradeira. Não assim, como se viu, para Paulo Emílio, que no ensaio de 1973 (projetado inicialmente em 67) desconfia das "certezas" da formação, no limite de fazê-la reversível, amalgamando-a com seu oposto, a supressão.

Seu isolamento crítico e teórico, embora parcial, é agudo. Tardou a reordenação do pensamento crítico demandada pelo impacto do golpe e, quando veio, salvo exceções notáveis, foi tantas vezes débil ou ambígua — isso no caso de não se consumar simplesmente como adesão, menos ou mais mascarada, ao ponto de vista dos vencedores de 64. Um balanço dos trabalhos em que essa reordenação foi efetiva pode ter resultados escassos e decepcionantes. Com frequência, no Brasil, quando se pretexta "refletir" sobre os impactos de 64, o que se vê é antes a intenção de dar-se como "separado" desse passado, isolando-se dele, assepticamente, como se não fossem os que "refletem", em tantos casos, os continuadores do golpe ao longo do tempo, sócios novéis de seus beneficiários, quando não beneficiários diretos; patrimonialistas em pleno uso privado de recursos públicos; obscurantistas acadêmicos; sicofantas conhecidos e contumazes; punguistas de ideias, além de funcionários ou apaniguados dos patrocinadores civis do golpe. A rigor, não falam sobre 64, mas é 64 que fala neles — eles *são* 64 vivo e em marcha.

O trabalho de Paulo Emílio é amplamente ignorado na sua qualidade de uma das raras reordenações efetivas do pensamento, instruídas pelas lições do golpe, motivo pelo qual vale a pena insistir um pouco nesse aspecto.

De outro lado, a mencionada crise da ideia de formação — anúncio do encerramento de seu ciclo histórico — tirava o chão de qualquer propósito "construtivo". Pior que isso, prometia à derrisão e ao ridículo dos perpétuos empulhados os desavisados que sustentassem atitudes edificantes, diante da evidência clamorosa do vale-tudo em que entrara a ordem burguesa no Brasil. Tornara-se gravemente contraditório, para a sensibilidade peculiar de Paulo Emílio, sustentar em toda linha a atitude perfeitamente construtiva — crítica, é claro, mas edificante — que, no entanto, sob certos aspectos, fora e ainda era a sua. Até onde possa enxergar, de todos os escassos intelectuais que de algum modo, no Brasil, tiveram função estruturadora em seu respectivo campo de trabalho, ele é dos raros, muito raros, na verdade raríssimos, verdadeiramente infensos à vocação medalhônica, à obsessão da própria estátua, ambas muito características, aliás, de um meio cultural estreito, rebaixado e congenialmente antidemocrático, como fora sempre — e queria continuar a ser — o do Brasil.

Sob essas condições, são provavelmente a terra arrasada do conceito, se é possível dizê-lo assim, e o imperativo de dar livre curso ao trabalho do negativo que fornecem o impulso que levará Paulo Emílio à experiência literária — notadamente à de *Três mulheres de três PPPês*, mas também à de *Cemitério*, texto escrito em duas etapas — 1973 e janeiro de 76,[23] trabalho este que, embora tenha ficado em estado de fragmento, revela estranha, inusitada, concepção literária, na qual se podem reconhecer, antecipados, alguns dos aspectos que guardam interesse na literatura atual, mas que não cabe comentar aqui.

Será, então, assim, no pico de um acúmulo de tensões políticas e conceituais, que Paulo Emílio encontrará na literatura o novo *organon* de sua investigação do calamitoso Brasil que se lhe defrontara, dando *corpo*, na prosa de ficção, à "intuição ética a respeito da deformidade do corpo social brasileiro",[24] como diz ele próprio. Sua prosa de ficção "[...] é de ensaísta e não de 'artista'", ficção literária cujo aspecto farsesco, por muito exibido, em vez de impedir, referenda a "dimensão reflexiva e documentária" da prosa e seu caráter de "instrumento de sondagem",[25] na formulação de Schwarz.

Na quarta capa da primeira edição de *Três mulheres* (1977), escreveu Zulmira Ribeiro Tavares: "[...] Graças à obra atual, de ficção, aspectos não suficientemente realçados no seu ensaio serão futuramente melhor examinados e compreendidos. E por meio de sua ensaística, os componentes do texto hoje lançado

[...] passam a ser entendidos de forma complementar, ligados a uma continuidade de pensamento e criação".[26]

Para compreender o estabelecimento dessa feição característica da prosa de Paulo Emílio, convém não subestimar o efeito que produziu, nesse admirador vitalício de Eça de Queirós, a interação com a obra da maturidade de Machado de Assis — processo cujo ponto de cristalização foi muito provavelmente a mencionada adaptação, para roteiro de cinema, do romance *Dom Casmurro*. Longe de se esgotar em si mesmo, esse trabalho de adaptação deu lugar, ainda sete anos mais tarde, a dois diferentes cursos de pós-graduação sobre o assunto, que o autor ministrou, em 1974 e 1975, na Faculdade de Filosofia, Letras e Ciências Humanas da USP. Os materiais referentes a esses cursos encontram-se publicados, e revelam percepção aguda da estrutura do livro, de seus momentos decisivos e cadeias imagéticas.[27] Além disso, um texto bem mais antigo, publicado em 1958 no Suplemento Literário de *O Estado de S. Paulo*, já revelava grande intimidade estética, isto é, formal e ideológica, com o mesmo romance.

Tudo indica que o Machado de Assis perfeitamente *negativo* da alta maturidade — aquele que atinge sua maioridade artística e intelectual justamente no momento em que "descobre" o caráter ineducável das elites nacionais, renunciando a qualquer propósito de edificação ou reforma que lhes dissesse respeito — tenha fornecido a Paulo Emílio a pauta de que ele próprio necessitava àquela altura dos acontecimentos. É também nesse mesmo Machado que se encontra em sua realização mais alta — além de muito rara nas letras brasileiras — aquela prosa de ficção na qual os extremos da sátira e da derrisão, longe de proporcionarem evasão ou de fornecerem pasto a perversos, afiam o gume de uma ambição analítica máxima, que confina com a pesquisa metódica da "deformidade do corpo social brasileiro".

As relações entre a ficção de um e a de outro demandariam, por si sós, um estudo particular e alentado, especialmente porque, para fazê-lo, seria preciso dar nome a muitos aspectos pouco percebidos da própria obra de Machado de Assis. Excluída, por absurda, qualquer intenção de equiparar literariamente os dois escritores, o ar de família, entretanto, dá na vista. Em ambos os casos — todas as proporções guardadas —, sob as espécies de tramas que dizem respeito, imediatamente, à vida privada, encontra-se a mesma história travada, a mesma dialética paralisada, que não se abre à superação ou à síntese, dando lugar às interversões do mesmo e do outro, às duplicações e aos mimetismos desenfreados, aos pares em luta de morte — tudo isso refratado e duplicado em manias, surtos metafisicantes, taras e amalucamentos de toda ordem e calibre.

Se, do alto dessas generalidades, cujo menor defeito não é o da abstração, aceitamos lançar um olhar ao conjunto desse famoso *Três mulheres de três PPPês*, o que se dá a ver? Em primeiro lugar, o *movimento*: o livro é composto, como já se disse, de três histórias, cujo ponto de articulação mais evidente é o fato de serem todas narradas por alguém chamado Polydoro, que é simultaneamente o mesmo e cada vez um outro. Encontramo-nos diante de uma espécie de romance em três painéis, ou de romance trifoliado e desmontável, ao mesmo tempo unitário e em dispersão.

Cada novela, por sua vez, internamente se desdobra, já desde o título: "Duas vezes com Helena", "Ermengarda com H" e, enfim, "Duas vezes Ela"; esta última, a seu turno, composta de um "Primeiro *carnet*" e de um "Segundo *carnet*". Cada uma dessas bifurcações sistemáticas se deve a peripécias, por meio das quais tudo passa no seu contrário, às vezes duas ou três vezes em sequência — de modo que cada novela gira de maneira um tanto vertiginosa em torno de si mesma, incessantemente. Se

143

procurarmos o motor dessas viravoltas sem parada, o que encontramos? Duplas — casais, homem e mulher, no caso — em estado de litígio irremediável (a primeira novela é exceção aparente, pois se trata de litígio cristalizado), tensão em gradação ascendente de um texto a outro, crescendo até atingir um ponto de explosão, que se situa no fato de pronunciar o nome próprio do narrador, o fatídico Polydoro, nome inaceitável, impronunciável — nome, assim, paradoxal, pois é da ordem do inominável.

Se cada novela gira em torno de seu eixo interior, todas as três giram, então, em torno desse eixo comum, cujo poder de atração é o de uma força sombria, verdadeiro buraco negro: a identidade que se constitui perdendo-se no inominável, ou seja, em um secreto horror de sua própria realidade (para retomar aqui uma expressão fora de moda que se referia ao sentimento de si dos brasileiros).

O todo leva a pensar em um móbile que o sopro de um riso inextinguível — nascido do ridículo irremediável das situações, mas igualmente da sombra semioculta do autor — faz girar e sacudir-se em todas as suas peças.

Compreende-se, então, que, no momento da aparição do livro, a ideia de jogo tivesse sido evocada. Como já se disse, o jogo é, na composição da obra, elemento inalienável, mas, de fato, o que é *posto em jogo* em tal livro? Seria excessivo sugerir que se possa aí reconhecer — travestida em histórias de casais, cujas extravagância e desmesura tangenciam a inverossimilhança — a encenação ficcional da problemática de base (isto é, a da lógica interna) do conjunto da obra de Paulo Emílio, no momento em que ela atinge seu ponto crítico? Talvez se pudesse começar a vê-lo por alguns elementos, tais como a figuração de realidades dúplices e fugidias, difíceis de apanhar, cuja esquivança perpétua tem parte com a passagem brusca do *pour au contre*, isto é, com uma labilidade ilimitada, da ordem de uma ambivalên-

144

cia que dispõe o mundo em duplas inimigas, em estado de luta constante — o todo desembocando em uma identificação infinitamente problemática, cuja manifestação, por excelência, é a interdição de aceder a um nome próprio?

É da natureza desses movimentos que eles *sejam* e *pareçam* excessivamente complicados e que, daí, guardem algo de "barroco" (no sentido de "tortuoso", "distorcido", se não de "perverso") e de suspeito, com muito de prestidigitação e embuste. O comportamento dos narradores será dirigido, antes de tudo, para realçá-lo, e nada, por mais "teoricamente" sério ou prestigioso que pareça, será incorporado ao texto sem que adquira o andamento de farsa. Sua matriz, entretanto, é bem identificável: toda ela situa-se na base, por definição instável, do caráter vacilante, no Brasil, da distinção entre o mesmo e o outro, derivado do simultâneo reconhecimento e não reconhecimento da autonomia do outro (e, portanto, também, de sua alteridade e, no limite, de sua própria humanidade), que o longo convívio com a escravidão e suas sobrevivências, até hoje vigentes, inscreveram em todas as relações sociais e intersubjetivas deste país. Seu outro nome não será, assim, o de dialética rarefeita entre o não ser e o ser outro, cuja verificação, desse modo, se prossegue em planos outros que não apenas o da oposição local × estrangeiro, estendendo-se aos planos da constituição do sujeito, da sociedade e da linguagem?

É bem essa relação dupla com o outro que faz a base — oscilante — da primeira das narrativas do livro. Nela se vê o "mestre" (chamado muitas vezes assim, mas também de "Grande Mestre" e, sobretudo, de "Professor", este último sempre com maiúscula), que, enquanto tal, supostamente representaria a Lei, lançar-se na execução implacável e minuciosa — maníaca — de, por meio de manipulações e trapaças, colocar em seu próprio lugar, junto a sua mulher, o seu discípulo bem-amado, para que ele produzisse, com ela, seu filho, isto é, o filho dele próprio, o mestre. A trama toda se assemelha a uma espécie de desventramento e de extrapolação de *Dom Casmurro*, em que os móveis que permanecem entranhados no enredo machadiano vêm à frente, a saber, a homossexualidade recalcada, agora deliberadamente exercida na relação com o outro — o comborço — por interposta pessoa; filiação duvidosa, agora intencionalmente trucada; sedução e dissimulação dirigidas direta e calculadamente por aquele mesmo que será passado para trás, como que realizando abertamente um desejo inconsciente etc.

Tudo se dá como se o mesmo mundo infuso, acossado pelo demônio da mimese, assombrado pela paranoia, modelado por um catolicismo de pervertidos, não só continuasse, hoje, a existir, mas se houvesse agravado e, mais, tivesse *passado ao ato*, delegando diretamente ao inconsciente a condução das ações. Um semi-hospício a céu aberto, entre o Pacaembu, Campos do Jordão e Águas de São Pedro, em que vieram dar com os costados as presunções de domínio e suprema elegância figuradas — mas já desmentidas — na trama machadiana. Se, no romance do século XIX, os contornos do quadro eram desenhados pelas sombras fugidias dos escravos, denunciando a matéria que lhe faz o fundo, isto é, a escravidão, na novela do novo século, conforme o tempo da narrativa vai coincidindo com o tempo da enunciação, a sombra que delimita o quadro será a da tortura, a do assassinato dos presos políticos e do enlouquecimento dos seviciados.

Na segunda história do livro, "Ermengarda com H", é o corolário desse caráter fusional do mesmo e do outro que se encontra na base da intriga: o narrador se declara, de saída, *ocupado* por sua mulher, que, diz ele, "instalou-se confortavelmente em mim". Em contrapartida, ele vai tratar de invadi-la e de "ocupá-la", por sua vez. O corolário de que se trata é o primeiro a desdobrar-se da reversibilidade das ordens do mesmo e do outro — a luta de morte, em que cada um existe na medida em que suprime o outro. Não é, então, por acaso que a narrativa é imageticamente estruturada pela retórica da guerra, também não fortuitamente (a guerra) tema obsessivo deste Polydoro. No caso do Polydoro da novela antecedente, a mania dominante era a da numerologia, centrada no problema — tão nacional — da impossibilidade da passagem do dois ao três, passagem de todo irrealizável, a menos que, pelo condão de um salto metafísico (não menos tipicamente nacional), esse *três* fosse o da Santíssima Trindade, na qual, como reza o Mistério, o um é o três e o três é o um — tudo uno, trino e eterno.

Ao pé da letra, tem-se a história, tão vulgar e eivada de preconceito, da "morta de fome" vinda das brenhas de Jundiaí — que fosse do Mato Grosso ou de Americana, de Campinas ou do Paraná, pouco importa — que, já reincidente na matéria, se dispõe a "ocupar" a vida do "pato" rico paulistano, aliás *cocu*, para melhor depená-lo, não poupando para tanto toda sorte de dramatização, fraude e intrujice. Ela não será, por isso, pior que ele, o nhonhô, embora não valha nada — o que, de novo, traz ao plano frontal da trama temas de *Dom Casmurro*, doravante repassados da rapacidade maligna, até assassina, de *Quincas Borba*, e da luta interminável e vazia de *Esaú e Jacó*. Na novela atual, entretanto, se tudo isso de algum modo comparece, já o faz inteiramente desprovido do romanesco que outrora servia de contraste à baixeza das ações: agora, a baixeza sobre a baixeza se imprime, e o vazio no seio do vazio se instala. Realiza-se a parte final da sentença famosa de *Esaú e Jacó*, aquela em que se diz que "o tempo é um tecido invisível em que se pode bordar tudo. [...] Também se pode bordar nada. Nada em cima de tecido invisível é a mais sutil obra deste mundo, e acaso do outro" (cap. XXII). A sutileza de menos, é disso que se trata: "O universo virara pó", são as últimas palavras da novela. Nunca fora outra coisa. Seria demais enxergar nessa guerra conjugal, aparentemente restrita à vida privada, ainda um avatar da nadificação — ou do "não ser" — que ronda a dialética de "ocupante" e "ocupado", de que cuidava o autor dessa narrativa nos seus ensaios críticos?

As manigâncias funestas em que se aplica o distinto casal da burguesia paulista, muito adequadamente composto de uma golpista e de um especulador imobiliário, configuram a narrativa como o mundo da perversão, sob o regime compulsivo do instinto de morte, nada menos. Não há como duvidar: está-se diante da perversão psicótica, em que o tipo afetado, "barroco", goza com a ideia da destruição do outro, preliba sua morte e a dá como consumada, para poder gozar seu gozo de miséria. Como bem sabia o Paulo Emílio que fora analisando de Lacan[28] e amigo próximo de psicanalistas franceses de vanguarda, tal é o regime da perversão: o demente não desconhece a Lei; ele a manipula, pondo-a a serviço da destruição do outro, usa-a para romper a esfera pessoal do outro. Nada a fazer, pois o perverso é incurável, sua estrutura psicótica é inabordável — visto que simula integrar-se na Lei. Daí que a narrativa termine em uma espécie de curto-circuito, em que a intensidade máxima da vida coincide com a morte: a supressão do outro é também a própria, visto que se trata de uma estrutura que se constitui esvaindo-se nesse gozo sinistro.

A terceira e última narrativa, "Duas vezes Ela", parece ser a menos apreciada pelo público em geral. Compreende-se: ela perde os atavios, por assim dizer, que respondiam em parte pela atração das anteriores — a saber, a exuberante sintomatologia obsessiva que arboresce em "Duas vezes com Helena" e o espetaculoso da perversão, em "Ermengarda com H". Porém, de algum modo — certamente de um modo mais *realista*, se cabe o termo nesse contexto — ela é a "verdade" das outras duas. Nela, o baque é seco, quando as justificações ilusórias da conjugalidade harmoniosa despencam sobre o chão duro do casamento por interesse. Do "Primeiro *carnet*" ao "Segundo *carnet*", as diferenças de idade, de origem e de classe social apresentam suas contas, e o que se dá a ver é o ressentimento cru, sem poesia nem perdão, da semiagregada que perdeu sua vida ao empregá-la na manipulação de significantes, de aparências e de genitais — próprios e alheios — que lhe permitisse casar "direitinho" em classe acima da sua.

De fato, a coisa é seca e bruta, como explicita o narrador: "Ao resumir mentalmente o que Ela me contara, percebi que o esqueleto do enredo era a história de uma moça que sai virgem de bruços e debaixo dos membros superiores, inferiores e médio de um primeiro homem, para ser desvirginizada duas vezes por um segundo a fim de se tornar a esposa de um terceiro".

Como se vê, em lugar da fantasia variegada que coloria a sexualidade nas outras histórias, uma analidade sórdida (porque avessa ao prazer) ocupa agora o centro de uma teia de atrações que, sem de fato realizá-lo, tende ao pornográfico. Às vezes alusiva e trocadilhesca, sempre grosseira e agressiva, essa teia sórdida de referências obscenas que recobre o "esqueleto" da história irá rematar-se finalmente com três palavrões e um murro na boca: o pior palavrão, imperdoável, é o fatídico nome do marido e, os outros dois, os vulgares "vá..." a qualquer parte, em língua de marafona.

O equívoco, no entanto, seria completo se, por isso, se quisesse ver em Paulo Emílio alguma animadversão em relação à mulher. Ele era muito provavelmente o contrário do misógino. Tomadas por intensidades, frenesis e transes variados, suas "três mulheres" eram, na verdade, *atuadas* por uma malignidade que nada tinha de intrinsecamente "feminina": na realidade, não procedia delas, mas de sua sufocação em um mundo patriarcal caquético, baixo, envenenado — que no entanto estava com a palavra.

A leitura desta última narrativa confirma que, nos giros do móbile do mal de que se falava aqui, vai se produzindo uma gradação, em que, sem jogo de palavras, a degradação das coisas e dos seres se acelera, agravando-se ao máximo. Não há, então, como não se dar conta de que a sexualização que percorre os três relatos, pontuando-os, por exemplo, com signos fálicos de uma evidência mais ou menos risível, se não apenas boba, tais como um anão de jardim, de gesso pintado, que aparece em pé e de barrete vermelho, em contexto de lembrança erótica; ou garrafas de champanhe o seu tanto tumefatas e à beira de uma explosão um pouco sugestiva demais etc. — a tal sexualização, dizia-se, vai deixando seu caráter popular e até ingênuo, para encaminhar-se a um registro de visos obscenos, até estabelecer-se, na última novela, numa tensão entre o repertório erótico meio popular, risonho mas acafajestado, de cervejaria paulistana, e o registro funesto da analidade agressiva, de que se falava. Ora, salvo engano, essa trajetória é bem semelhante à que Paulo Emílio observava na pornochanchada, então objeto de sua atenção.[29]

A essa altura do relato, tornam-se perceptíveis os limites éticos e políticos a que tende o projeto literário de Paulo Emílio: trata-se de ir tão longe quanto possível no insulto feito às elites brasileiras, que então sustentavam a ditadura e punham em liquidação, no sentido comercial do termo, o já de si precário patrimônio cultural do país. O Paulo Emílio que, nessas narrativas, como aqui ficou sugerido, retoma temas e formas do romance machadiano da grande fase e, como esse escritor, dá a palavra aos membros das elites para fazê-los exibir todo o seu impudor e perversidade, esse Paulo Emílio, dizia-se, rompe o decoro, que era a última barreira de respeitabilidade nesse mestre da negatividade realista, para vazar esses temas e formas em um registro que agora se calibra, mais do que pela literatura libertina aristocrática, pela remissão tácita à pornochanchada. No registro distanciado e negativo das narrativas de Paulo Emílio, também a pornochanchada revela seu momento de verdade, na medida em que, recontextualizada, ela passa a exibir a verdadeira natureza da modernização capitalista então conduzida pela ditadura civil-militar: é em termos de um rebaixamento em toda linha que se está a traduzir as virtualidades civilizatórias que penosamente se haviam acumulado no país, ao longo dos dois séculos antecedentes. O referido caráter de *divertissement* que também informa as novelas de Paulo Emílio revela, então, seu sentido: ele é indissociável do ato de fruir da degradação da cultura e dos projetos de emancipação do país, reduzidos a mercadoria ordinária. Todavia, como sublinha o narrador, não se trata, apenas, desse cinema comercial: também o tempo das narrativas, nos seus suspenses eficazes, mas intencionalmente *baratos*, é já modelado pelo tempo da televisão. O livro tem, então, algo de uma metamercadoria, se é possível dizê-lo dessa maneira. De lá para cá, esse processo não fez senão se intensificar, a ponto de hoje ocupar o centro mesmo do que ainda se chama, cada vez mais anacronicamente, de "vida cultural" no Brasil. Tê-lo fixado literariamente antes de quase todo mundo não é das menores façanhas de Paulo Emílio Sales Gomes.

NOTAS

1. Este estudo, acrescido de algumas notas sobretudo referenciais, e um pouco debulhado para adaptar-se ao mundo da língua portuguesa, procede do original em francês intitulado "Paulo Emílio: un littéraire", conferência lida no Colloque International Paulo Emílio Sales Gomes et Jean Vigo: cinéphilie, littérature et patrimoine cinématographique, realizado em maio

de 2013 na Université Paul Valéry, em Montpellier, França. É provável que o texto guarde, dessa origem, além do aspecto de generalidade, certo andamento característico de tradução e marcas de sua destinação à comunicação oral. Sou profundamente grato a Adilson Mendes, Olga Futemma, Patrícia de Filippi e Alexandre Miyazato, da Cinemateca Brasileira, a cujo generoso convite e impecável solidariedade devo a oportunidade de aproximar-me, um pouco que seja, do legado de Paulo Emílio Sales Gomes. Escusado dizer que esses caros amigos não podem ser responsabilizados pelos erros eventuais, que são só do autor. Na França, agradeço a acolhida e o auxílio de Fátima Sebastiana Gomes Lisboa, Guillaume Boulangé, assim como a gentileza de Luce Vigo. A Adilson Mendes, bem como a Dalila Camargo Martins, agradeço, ainda, o generoso auxílio na preparação dos originais em língua portuguesa.

2. Cf., para uma síntese abrangente, o excelente livro *Paulo Emílio: um intelectual na linha de frente*. Carlos Augusto Calil e Maria Teresa Machado (orgs.). São Paulo: Brasiliense; Rio de Janeiro: Embrafilme/MEC, 1986. Cf. também, a respeito, a síntese resumida de Adilson Mendes, "Por uma crítica sem medo", em *Encontros: Paulo Emílio Sales Gomes*. Rio de Janeiro: Azougue, 2014.

3. "Minha formação foi estrangeira e histórica. Cinema foi a última coisa que me interessou. Tive interesse por literatura, artes plásticas, sociologia e filosofia, e até medicina me interessou. Era adulto e nunca fora fã de cinema. [...]" Resposta de Paulo Emílio em entrevista de 1977. Cf. Adilson Mendes, op. cit.

4. Segundo relata José Inácio de Melo Souza em *Paulo Emílio no paraíso*. Rio de Janeiro: Record, 2002.

5. Idem, ibidem, pp. 555 ss. Cf. também Carlos Augusto Calil, "Contra São Paulo" (posf.), em *Três mulheres de três PPPês*. São Paulo: Cosac Naify, 2007.

6. Cf., a respeito, a análise de Ismail Xavier, "A estratégia do crítico", em Carlos Augusto Calil e Maria Teresa Machado, op. cit. Cf., igualmente, Zulmira Ribeiro Tavares, "Biografismo em Paulo Emílio (simplicidade e ardil)". Idem, ibidem, pp. 343 ss.

7. Cf. "Paulo Emílio na prisão", de Décio de Almeida Prado, em Paulo Emílio Sales Gomes, *Cemitério*. Org. e posf. de Carlos Augusto Calil. São Paulo: Cosac Naify, 2007.

8. *Jean Vigo*. Paris: Seuil, 1957.

9. *Humberto Mauro, Cataguases, Cinearte*. São Paulo: Perspectiva, 1974.

10. Cf. *Capitu*, de Paulo Emílio Sales Gomes e Lygia Fagundes Telles. São Paulo: Cosac Naify, 2008.

11. Cf. Roberto Schwarz, "Sobre as *Três mulheres de três PPPês*", em *O pai de família: E outros estudos*. São Paulo: Companhia das Letras, 2008. (1. ed. Rio de Janeiro: Paz e Terra, 1978.)

12. Idem, ibidem, p. 154.

13. Cf. Adilson Mendes, op. cit., p. 178.

14. Conforme relato de Lygia Fagundes Telles, reproduzido em Carlos Augusto Calil, op. cit., p. 180.

15. Roberto Schwarz, op. cit., loc. cit.

16. Cf. Lygia Fagundes Telles, "Às vezes, novembro", em Paulo Emílio Sales Gomes e Lygia Fagundes Telles, op. cit.

17. Cf. Antonio Candido, "Informe político", em Carlos Augusto Calil e Maria Teresa Machado (orgs.), op. cit.

18. Idem, ibidem, p. 70.

19. Paulo Emílio Sales Gomes, *Cinema: trajetória no subdesenvolvimento*. São Paulo; Rio de Janeiro: Paz e Terra, 2001, p. 90.

20. Idem, ibidem. A sugestão, sibilina, encontra-se na página 102.

21. Idem, ibidem, p. 101.

22. Idem, ibidem, pp. 90-111.

23. Cf. Carlos Augusto Calil, "O caderno de Paulo Emílio", em Paulo Emílio Sales Gomes, *Cemitério*, op. cit., pp. 98 ss.

24. Paulo Emílio Sales Gomes, *Cinema: trajetória no subdesenvolvimento*, op. cit., p. 100.

25. Roberto Schwarz, op. cit., p. 153.

26. Cf. Paulo Emílio Sales Gomes, *Três mulheres de três PPPês*. São Paulo: Perspectiva, 1977 (1. ed.).

27. Cf. os materiais reproduzidos em Paulo Emílio Sales Gomes e Lygia Fagundes Telles, op. cit., pp. 185 ss.

28. Cf. informação sobre a análise de Paulo Emílio com o dr. Lacan em José Inácio de Melo Souza, op. cit., pp. 288 ss.

29. Cf. "Ela (a pornochanchada) dá o que eles gostam?" Entrevista a Maria Rita Kehl, em Adilson Mendes, op. cit., pp. 46 ss.

ESTA OBRA FOI COMPOSTA PELO GRUPO DE CRIAÇÃO EM ELECTRA E
IMPRESSA PELA GEOGRÁFICA EM OFSETE SOBRE PAPEL PÓLEN BOLD
DA SUZANO PAPEL E CELULOSE PARA A EDITORA SCHWARCZ
EM MARÇO DE 2015